AF202165

Danke an Christof

und die Autorinnen der Schreibwerkstatt Ettlingen

Danke an die Mitglieder der Gruppe

diary writing across cultures

Stimmen zum Buch

"Gefällt mir... Serpentinendenker... genial. Und überhaupt, sehr anregend deine Texte."

"…habe wieder mit Freude deine Texte gelesen. Ein Leben lang habe ich mich dagegen gewehrt, in irgendeine Schublade zu passen. Ob ich damit erfolgreich war, kann ich selbst schlecht beurteilen. Aber wenn es denn so sein soll, dann möchte ich bitte zu den Serpentinendenkern gehören. Diese Metapher gefällt mir am besten, bei all deinen interessanten Überlegungen."

"Lieblingsidiot und Serpentinendenker gefällt mir am besten…".

"Wunderbar. I like your way of thinking and writing. Schwurbelige Klarheit."

"Der fiktive Wortwechsel mit der Hässlichkeit und Realität des Lebens während deiner

Jogging Runde hat auch was - das Leben Frankfurts auf den Punkt gebracht - aber ohne abfällige Wertung - Realität halt."

"Das ist grandios! Du musst das irgendwo veröffentlichen."

"Ich habe deine Texte verschlungen."

"Die Hommage an deinen Vater berührt mich sehr, einfühlsam und tröstend."

"Mit Freude und Interesse lese ich Deinen Blog *Pendelbewegungen*, bewundere Deinen Sinn für die Zwischentöne und Deine Fertigkeit die eigene Meinung ganz unaufdringlich verständlich zu machen. Diese selbstbewusst-bescheidene Angemessenheit würde ich mir für den gesellschaftlichen Diskurs viel mehr wünschen."

"wunderbar philosophisch :-)"

„*Querdenker. Wer nur querdenkt, bewegt sich in der Horizontalen. Wäre Serpentinendenker nicht der bessere Begriff? Dann brächten einen die Gedanken wenigstens voran.*"

Über den Autor

Jürgen Artmann, Jahrgang 1970, ist geboren und aufgewachsen in Süddeutschland.

Bis zu seinem dreißigsten Lebensjahr schrieb Jürgen Artmann für lokale Tageszeitungen, unter anderem für die Wertheimer Zeitung, die Fränkischen Nachrichten, das Main-Echo, den Mannheimer Morgen und für Fachzeitschriften der Informatik-Branche.

Zwanzig Jahre später hat er das Schreiben neu entdeckt. Er veröffentlicht unregelmäßig Geschichten auf dem Blog *Pendelbewegungen* (jartmann-pendelbewegungen.medium.com).

Serpentinendenker ist nach Jahren der beruflichen Karriere sein erster Band mit Kurzprosa.

Jürgen Artmann

Serpentinendenker

© 2021 Jürgen Artmann

Herausgeber: Jürgen Artmann
Autor: Jürgen Artmann
Lektorat, Korrektorat: Julia K. Hilgenberg
Titelbild: gettyimages #521653277

Verlag: tredition GmbH,
Halenreie 40-44, 22359 Hamburg
978-3-347-27109-8 (Paperback)
978-3-347-27110-4 (Hardcover)
978-3-347-27111-1 (e-Book)

Das Werk, einschließlich seiner Teile, ist urhe-berrechtlich geschützt. Jede Verwertung ist ohne Zustimmung des Verlages und des Au-tors unzulässig. Dies gilt insbesondere für die elektronische oder sonstige Vervielfältigung, Übersetzung, Verbreitung und öffentliche Zu-gänglichmachung.

Inhaltsverzeichnis

Chalet im Wald

Ein Chalet im Wald
Freunde kochen und lachen
Sommerurlaubsplan

Anti TikTok

Mein Sohn hat ein neues Hintergrundbild auf seinem Handy. Eine Influencerin, perfekte Wimpern, perfekte Lippen, perfektes Make-up. Er sagt, er hat sie mir schon einmal gezeigt, aber ich erkenne sie nicht wieder. Austauschbar.

Ich verlasse das Café und laufe durch Frankfurt. Vor einem Wand-Graffiti bleibe ich stehen, zücke mein Handy, mache ein Bild, stecke das Handy in die Tasche. Auf dem Bild ist eine Mutter mit Kleinkind zu sehen. Darüber prangt ein Slogan.

"There is something better than perfection", hallt es in mir nach, als ich weiter gehe.

Frankfurt ist nicht perfekt, die Fassaden sehr gemischt. Lila Gasrohre, die in der Höhe über die Straßen gebaut sind, sind Farbtupfer, die es nicht besser machen.

Das hilflose Kleinkind ist nicht perfekt. Aber es hat einen fordernden Blick. Es fixiert die Mutter.

Diese Augen sagen, dass sie Erwartungen haben.

Zufrieden und erschöpft sieht die Mutter aus. Sie ist nicht perfekt.

Es fehlt jedes Styling, nicht für Instagram geeignet. Der nackte Körper ist nicht perfekt trainiert, die Stirn liegt in Falten, die Haare haben keinen Pep.

Zufrieden sieht sie aus.

Mutter und Kind tragen Gesichtsmasken, nach oben geschoben wie Hüte. Sie glänzen, goldbraun und perfekt. Die beiden haben sie nicht nötig.

Der Film auf der Hauswand läuft vor meinem geistigen Auge. Die Mutter atmet entspannt und gleichmäßig. Das Kind wird auf der Bauchdecke leicht angehoben und senkt sich wieder.

Die Einheit ist perfekt. TikTok.

Jogging-Rundkurs

Warum zögerst du? Traust du mir nicht ?", sagt gleich zu Beginn der Zebrastreifen. "Ich passe auf dich auf."

"Danke, doch, ich traue dir, aber ich sehe instinktiv nach links und rechts, wenn ich dich überquere. Das geht nicht gegen dich."

"Mich hast du nicht mal beachtet. Ich weiß, ich bin hässlich", weint die alte DB-Zentrale.

"Du bist nicht hässlich, du bist brutal. Das ist halt dein Architekturstil. Dafür kannst du nichts."

"Hey, wo willst du so schnell hin?", fragt die Galluswarte. "Bleib hier und trink einen mit. Ich bin das größte Wasserhäuschen weit und breit."

"Nach dem Joggen vielleicht", antworte ich im Vorbeiziehen nicht ganz ernst gemeint.

"Du schnaufst wie ein Walross", sagt die kleine Steigung vor der Eisenbahnbrücke und verdreht die Augen.

"Ja, ich weiß, du bist nicht lang. Aber ich mag halt keine Anstiege."

"Wir spenden dir Schatten", sagen die Bäume in Niederrad.

Etwas zu viel Schatten für mich. Ich freue mich auf die Sonne.

"Störe mit deinem Gerenne unser Meeting nicht!", beschweren sich die Banktürme der Frankfurter Skyline. "Wir haben Wichtiges zu besprechen. Wir sind systemrelevant."

"Ich liebe Lucas, ich liebe Anne, ich liebe Tom, ich liebe Verena!", rufen hunderte von Vorhängeschlössern auf dem Eisernen Steg wild durcheinander.

Wie viele haben später verzweifelt im Main nach dem Schlüssel gesucht?

"Hallo Kleiner, sieh her und schau, wie hübsch ich bin", ruft mir die EZB stolz zu.

"Ja, du glänzt wie eine Diva auf der Cocktail-Party im Pailletten-Kleid. Aber ich muss weiter."

"Ach verschwinde, du schwitzt. Ich warte auf einen echten Gentleman."

"Morgen fahren wir los. Erst Main, dann Rhein, vielleicht darf ich aufs Meer. Ich darf bestimmt aufs Meer!" Ein angelegtes Schiff wippt vor Vorfreude auf den Wellen.

Ich will ihm die Illusion nicht nehmen und sage nichts.

"Boa, is mir schlecht, Alter. Ich habe echt zu viel getrunken und gegessen", klagt der mit leeren Weinflaschen und Pizza-Kartons vollgestopfte Mülleimer.

"Ja, du tust mir ein wenig leid. Hoffentlich räumt dich jemand auf."

"Na, wieder da? Siehst fit aus", lobt mich meine Haustüre.

"Danke, Kumpel, dabei habe ich gar nichts anderes getan, als alte Freunde zu besuchen."

Eine Frau, wie ein Baum

Eine Frau wie ein Baum, sagt man das so? Eigentlich doch nicht. Normal ist das nicht. Männer sind Bäume.

Sonderbar.

Nicht nur im Münsterland steht ein Schwesternheim. Auch in Unterfranken kennst du eins. Das war ein Kraftort und ein Party-Ort. Kraft durch Party? Warum nicht? Kraft durch die Menschen, mit denen du diese Partys gefeiert hast. Vermutlich schon eher.

Diese Frau gibt dir Kraft. Sie ist einen Kopf kleiner als du und dreißig Kilo leichter. Ihr Sinn für visuelle Details beeindruckt dich. Sie lässt dich Dinge sehen, die du alleine nicht wahrgenommen hättest. Diese zierliche Frau gibt dir Kraft. Zum Glück bist du ihr begegnet. Denn sie nährt dich, intellektuell, emotional.

Sie liebt Venedig, aber wir tragen keine Masken. Nicht nötig.

Wir klettern nicht mehr in die Baumkronen. Wir bleiben am Boden – geerdet.

Neugierig strecken wir unsere Fühler aus. Neugierig auf uns, auf das Leben.

Ein Mensch kann auch ein Kraftort sein.

Teilnehmer einer Schreibwerkstatt

„Jeder Jeck is anners": Erfahrung, Prägung, Krisen, Überzeugungen, Drehbücher und Pusteblumen im Kopf – ich sehe sie bildlich vor mir fliegen.

Was wäre mein Manifest?

Gutes sinnvolles Leben ist

präsent, nicht beiläufig.

Liebe erfüllt, zum Sohn, zum Partner, Partnerin, Freunden.

Respektvoll zu Kollegen und Kunden, zu Seminar-Teilnehmern,

keine Einbahnstraße und hoffentlich kein Gang im Supermarkt, sondern eine Serpentine, mit Pausen und schönem Ausblick in den Kurven und Bänken, auf denen man ausruhen kann, eventuell mit einem Gipfel am Ende, einem Ziel, einem Sinn des Lebens, ... vielleicht aber auch nicht, also eher ein verschlungener Waldpfad. Die Fee war nicht so nett wie erwartet? Macht nichts, der Kobold war witzig.

Vielleicht ist der Sinn des Lebens ganz einfach zu leben? Monty Python says: "We come from nothing, we are going back to nothing."

Ich möchte …

abseits ausgetretener Pfade leben, abseits von Konventionen,

neugierig bleiben, mich auf andere einlassen,

mich über schöne Begegnungen freuen,

und zwar jetzt, nicht im Konjunktiv.

Es ist immer Gegenwart.

Halloween

Der Deutsche Wetterdienst berichtet, passend zum heutigen Halloween hätten wir einen so genannten *blue moon*. Die Bezeichnung umschreibt nicht, wie man meinen könnte, einen blau leuchtenden Mond, sondern das Vorkommen eines zweiten Vollmonds im gleichen Monat. Dass zwei Vollmonde in den gleichen Monat fallen, ist eher selten. In diesem Oktober mit einunddreißig Tagen verhält es sich wieder so. Gleichzeitig ist dies seit langem der erste Vollmond, der auf Halloween fällt.

Halloween. Erinnerungen kommen hoch.

Kollegen und Bekannte und auch einige Nachbarn halten Halloween für eine Erfindung der Süßigkeitenindustrie. Dabei ist "Samhain" das keltische Silvester, das Fest der Verstorbenen, der Wesen aus der Unterwelt. Meine Eltern hatten bis Ende der 60er Jahre in Kanada gelebt und die Tradition mit zu uns deutschen Kindern gebracht. Mir ist Halloween vertraut, seit ich denken kann. Auch wenn es nur latent in der Familie vorhanden war und nicht so ausgiebig gefeiert wurde wie heute.

Trotzdem freue ich mich jedes Jahr wie ein kleines Kind darauf. Je älter ich geworden bin, umso besser meine Vorbereitung.

Schon in den Tagen davor werden Unmengen von Süßigkeiten besorgt. Spezielle Halloween-Gummibärchen in kleinen Tüten. Eigentlich sind da keine Bären drin, sondern Kürbisse und Fledermäuse, dazu Bonbons, Schokoladen und Waffeltäfelchen, Miniatur-Snacks und so weiter …

Die über die Jahre gesammelten Gegenstände zum Dekorieren sind in einer großen Kiste auf dem Dachboden. Weder ich noch meine beiden Söhne können es erwarten, den Dachboden zu öffnen und die Kiste herunterzuholen. Meine Frau schüttelt den Kopf, aber grinst über beide Backen. Ihre drei Jungs sind im Spieleifer.

Wir bauen vor der Tür einen richtigen Schrein auf. Auf dem befindet sich ein schwarzer Kessel wie der eines Druiden. Daraus quillt ein grüner Schleim. Quer über den Kessel liegt eine Schöpfkelle, auf der eine fette Spinne sitzt. Im Topf schwimmen in mitten einer leckeren Auswahl von Süßigkeiten auch blutige Glupschaugen. Nur die ganz mutigen Kinder fassen da rein.

Auf dem Rasen vor der Tür haben wir zwei Fackeln mit echtem Feuer aufgestellt. Durch das Flackern der Flammen tanzen fiese Schatten auf unseren Schrein. Hinter dem Schrein steht eine Sense, daneben liegt die Attrappe einer blutigen Kettensäge und natürlich auch eine Attrappe eines blutverschmierten, abgetrennten Fuß. Die abgetrennte Hand liegt unmittelbar neben der Klingel. Wenn man klingeln will, muss man schon knapp an dieser Hand vorbei fassen. Ja, hier muss man schon seinen Mut aufbringen und sich die Süßigkeiten verdienen!

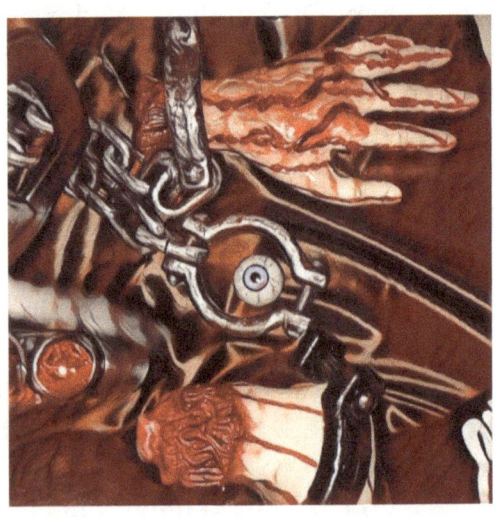

Es ist früher Abend und die Dunkelheit zieht auf. Die kleineren Kinder kommen zuerst. Sie sind nicht so spät unterwegs und oft noch in Begleitung ihrer Eltern, die aus sicherem Abstand alles verfolgen.

Vor der Tür höre ich die erste Gruppe Kinder diskutieren.

"Mensch, schau dir mal die krasse Deko an."

„Das ist ja gruselig. Stellt euch mal vor, da wohnt jetzt eine echte Hexe."

„Was machen wir denn dann?"

Ich höre den Dialog und freue mich sofort. Der gewünschte Effekt ist übertroffen. Ich muss aufpassen, dass ich nicht loslache. Das Beste kommt noch.

Als die Gruppe klingelt und ich die Tür öffne, erstarren sie mitten im Satz ihres extra für den Abend gelernten Spruchs: "Wir sind kleine Geister, essen gerne Kleister, wenn Sie uns nichts geben, bleiben wir hier kleben." kommt es dann doch noch zögerlich aus ihnen heraus.

Vor ihnen steht ein Mann mit einem langen, schwarzen, ausfallenden Mantel, an dem rasselnde Silberketten herunterhängen. Das Gesicht ist ganz blass, fast weiß, die Augen mit

Hilfe falscher Kontaktlinsen blutrot, wie bei einem Werwolf. Der Mann trägt schwere rot-metallene Stiefel mit Fledermauskappen an den Spitzen. Er hält den Kindern einen gläsernen Totenschädel entgegen. Die Schädeldecke fehlt. Im Schädel befinden sich die Süßigkeiten.

"Schön habt ihr das gesagt", sage ich mit milder Stimme, "nehmt euch gerne was aus dem Schädel."

Die Kinder schauen mich mit großen Augen an, greifen mit Freude in den Schädel, decken sich mit Süßigkeiten ein und bedanken sich artig. Von hinten bedanken sich die begleitenden Eltern und rufen: "Tolle Deko!" Die Daumen gehen nach oben.

Ich schließe zufrieden die Haustüre und höre die Kinder im Fortgehen sagen: "Mann, das war ja voll gruselig, geil!"

Ich grinse selbst wie ein kleines Kind. So kann der Abend weiter gehen.

Heller, blauer Mond

Heller, blauer Mond
welch schöne Herbstkulisse
seltenes Vergnügen

Damenhut

Heut trag ich mal nen Damenhut,

weiß nicht warum, vielleicht tut´s mir gut.

Dann setz ich mich zum Apfelbaum,

und fall in einen tiefen Traum.

Der große Mond flüstert mir zu,

ruh dich mal aus,

geb doch mal Ruh.

Hör auf zu suchen,

lass es sein,

hier im Schatten ist es fein.

Freizeitpläne

Hoffnung

Ich sah die Anzeige für das Konzert der Band aus Dresden auf Facebook mit Vorfreude. Sie planten ein Konzert in einer Kleinstadt nahe der französischen Grenze. Ich hatte die Band vor Jahren in der Fußgängerzone von Leipzig spielen sehen und mich über ihren Auftritt so nahe an meinem Wohnort Strasbourg gefreut. Normalerweise spielen sie hauptsächlich in Ostdeutschland.

Als das Konzert vom 1. Mai abgesagt wurde, hatte ich große Hoffnung, dass es am Nachholtermin, dem 31. Oktober, tatsächlich stattfinden würde. Der Veranstalter hatte mich während der Woche sogar noch selbst angerufen, um zu fragen, ob ich denn kommen würde. Wenn er das mit allen Karteninhabern tat, waren das ein paar Anrufe, dachte ich mir noch.

Am frühen Nachmittag des Konzerttages, sechs Stunden vor dem Konzert, kam dann die Absage per Messenger. Die Band hatte sich doch nicht getraut, aufzutreten. Einen Tag später, am 1. November, begann ja der zweite Lockdown. Nun habe ich Hoffnung auf den dritten Termin. Ich besitze noch die beiden Eintrittskarten für den 1. Mai und den 31. Oktober. Sie wurden mir per Post zugesendet. Ich beschließe sie aufzuheben und freue mich auf die dritte Eintrittskarte für das genau gleiche, nein, sogar dasselbe Konzert. Nach der Pandemie werde ich die drei Karten dem neu eröffneten Corona-Museum zur Verfügung stellen.

Im Mai hatte ich lange Hoffnung, dass das Wave-Gotik-Treffen in Leipzig stattfinden würde. Nein, eigentlich hatte ich die Hoffnung schon im März aufgegeben. Die finale Absage kam erst wenige Tage vor dem Termin Ende Mai. Die Veranstalter hatten bis zuletzt für die Durchführung gekämpft und mir so Hoffnung gegeben. Realistisch war diese natürlich nie. Es findet nun genau ein Jahr später, Ende Mai 2021 statt. Die Karten – im letzten Jahr bezahlt – wurden mir ebenfalls schon zugesendet. Sie hängen in meiner Wohnung an der Magnetwand und geben mir jeden Tag ein wenig Hoffnung, die bunten Menschen dieser eigentlich schwarzen Kulturveranstaltung im nächsten Mai wieder zu sehen.

Spontan fällt mir die Buchmesse Leipzig ein. Sie findet in der Woche direkt vor dem Wave-Gotik-Treffen statt. In meinem Wunschhotel sind noch Zimmer frei. Wer bucht denn auch schon ein Hotel für nächstes Jahr? Ich buche gleich zehn Tage durch! Die Hoffnung auf zwei tolle Veranstaltungen gleich hintereinander zaubert mir ein Lächeln ins Gesicht.

Als wir dieses Jahr nach Avignon gefahren sind, hatten wir keine Hoffnung auf Kultur. Der Grund für die Reise im August war eigentlich das jährlich stattfindende Theater-Festival. Nun war alles abgesagt worden, aber wir hatten das Hotel nicht storniert und uns trotzdem entschieden, ein wenig Sonne in Südfrankreich zu tanken. Welch Überraschung! Eine Aufzeichnung eines Theaterstücks mit Isabelle Huppert wurde auf den Mauern des Papstpalasts gezeigt. Einige kleine Theater hatten auf. Ein Stück sahen wir mit zwanzig anderen Gästen, das andere mit knapp fünfzig Besuchern. Welch Wonne, drei Theaterstücke auf einem abgesagten Festival zu sehen.

Das größte Comic-Festival der Welt findet jeden Januar in Angoulême statt. Meist bei sehr schlechtem Wetter. In Angoulême schneit es nicht winterlich, es regnet meistens. Als mich der Newsletter erreicht, ist auch das Festival im Januar 2021 abgesagt. Es gibt nur einige Online-Veranstaltungen. Sie haben das Festival in den

Sommer verlegt. Normalerweise hält sich die ganze Comic-Branche im Januar in dieser Kleinstadt auf. Hotels und Zimmer auf Airbnb sind lange vorher ausgebucht. Ich habe die Hoffnung, für den Juni-Termin ein Zimmer zu bekommen, wenn ich schnell bin. Mit dem Juni-Termin rechnet doch keiner! Ich unterbreche meine Arbeit und schaue sofort nach. Ich finde ein gutes Hotel, sogar mit Außenpool. Sie haben freie Zimmer. Statt eines verregneten Festivals mit Privatunterkunft ein Festival mit Sonne, Hotelzimmer und Pool. Diese Hoffnung ist zu verlockend und ich buche binnen Minuten nach der Info zum neuen Termin.

Ich komme langsam in einen Freizeitplanungs-Flow.

War da nicht auch noch ein Trickfilm-Festival in Annecy? Oh, es findet auch im Juni statt. Wenn ich das auch noch buche, ist das wohl zu viel der Hoffnung. Zumindest muss ich im Mai und Juni auch mal arbeiten.

Zum Schluss werde ich leichtsinnig. Ich gehe auf die Buchungsseite der wirklich großen Ferienhäuser und träume mich in den nächsten Sommerurlaub. Ich finde ein Chalet mit riesigem Tisch und großer Küche, fünf separaten Schlafzimmern und sechzehn Schlafplätzen.

Die Hoffnung, viele Freunde einladen zu können und zusammen zu kochen, zu essen und zu lachen, keimt in mir auf. Ich fange an zu übertreiben! Ruhig Blut, alter Mann, das buchst du jetzt noch nicht!

Ich schaue wieder und wieder auf die Eintrittskarten an meiner Magnetwand. Meine Freizeitplanung gibt mir Hoffnung. 2021 kann kommen.

Schubladen

Menschen stecken Menschen in Schubladen. Menschen stecken sich selbst in Schubladen.

Wie beim Sockenfach im Kleiderschrank. Schublade auf, Socke rein, Schublade zu. Halt, ich bin eine Sportsocke. Bitte lege mich nicht in das Fach mit den Socken für deine Business-Anzüge.

Verschwörungstheoretiker. Kann man bei Verschwörungen etwas anderes als Theoretiker sein? Oder anders gefragt, wie sähe ein Verschwörungspraktiker aus? Nimmt er Flugunterricht, ohne landen lernen zu wollen? Kauft er sich einen Chemie-Experimentierkasten, um Chemtrails zu mixen? Züchtet er Echsen und kreuzt diese mit menschlicher DNA?

Covidiot. Sylvie ist Covidiotin. Ich kenne sie nicht persönlich, aber sie antwortet auf Twitter. Sie ist eine bekannte Fotografin aus Strasbourg, die durch ihre Selbstportraits bekannt geworden ist. Sie weigert sich, Masken zu tragen, und wird deshalb regelmäßig angefeindet. Ich schreibe ihr, sie solle nicht wie Don Quichotte gegen Windmühlen kämpfen und auch sonst auf sich aufpassen. Sie bedankt sich mit einem Like auf meinen Tweet.

Im Elsass gibt es auch Maskenpflicht im Freien. Aber nur in Gemeinden mit mehr als 10.000 Einwohnern. Haben sich die Einwohner von Barr gefreut am Wochenende. Barr hat 9.500 Einwohner. Es gab Klagen gegen die Maskenpflicht, ein regionales Gericht hat dem stattgegeben, der oberste französische Gerichtshof das wieder gekippt. Nun diskutieren sie, die Maskenpflicht zwischen neun und elf Uhr und zwischen fünfzehn und siebzehn Uhr auszusetzen. Der Virus erhält Öffnungszeiten.

Eve ist auch Covidiotin. Sie protestiert in Berlin und lässt sich auch schon mal aus einer Münchner S-Bahn abführen. Eve ist eine linke Covidiotin. Beruflich hilft sie Frauen, die vor ihren Männern in Frauenhäuser geflüchtet sind. Ich kenne sie seit der ersten Grundschulklasse und habe ihren gesunden Menschenverstand immer geschätzt.

"Masken kreieren eine Stimmung der Angst", schreibt einer.

"Masken tragen ist doch solidarisch!", antwortet eine. Viele stimmen zu.

Solidarisch mit wem? Dem Dachdecker aus Strasbourg, der acht Stunden mit Maske auf dem Dach arbeiten muss?

Masken tragen ist gleich solidarisch. Ist Masken nicht tragen zwangsläufig immer gleich das Gegenteil?

"Lieblings-Idiot." Gibt es sowas? Ein Mensch, den man manchmal idiotisch findet, aber man liebt ihn einfach. Ja, natürlich. Lieblings-Idioten machen das Leben angenehm und wertvoll.

Theo ist Impfgegner. "Willst du den Impfstoff von Putin etwa nehmen?", fragt er. "Weißt du, dass die neuen Impfstoffe dein Erbgut verändern? Deine DNA mutiert!" Ein verwirrter Nobelpreisträger hatte das verkündet.

Nobelpreisträger. Schützt ein nobler Preis, den man vor dreißig Jahren erhalten hat, vor wirrem Zeug? Man weiß es nicht, man vermutet nur etwas.

Familienmitglieder sind alte Kriegskameraden. Wenn das stimmt, wäre die Familie ja ein Kriegsschauplatz. Ich denke an meine beiden älteren Schwestern und an unsere Eltern.

Oh, ja!

Mittlerweile feiern wir den dreißigsten Jahrestag unserer Friedensverträge.

Ich gehe gedanklich die Liste der Menschen durch, die ich kenne. Neben Verwandten, engen Freunden, normalen Freunden, Bekannten, Kollegen und Kunden werde ich noch die Schublade Kriegskameraden hinzufügen. Ich glaube, es gibt mehrere Kriegsschauplätze und die Schublade erscheint mir sinnvoll.

Corona-Leugner. Kenne ich keinen. Ich kenne Leute, die vor Corona Angst haben. Ich kenne Leute, die vor den Maßnahmen gegen Corona Angst haben. Allen ist gemein: Sie leugnen nicht Corona, aber alle haben Angst. Wow, ich stecke gerade beide Menschengruppen in die gleiche Schublade. Hoffentlich geht das gut und es wird ihnen nicht zu eng. Zusammengepfercht in der Angst-Lade!

Reichsbürger. Klingt wie Hamburger Royale. Ich hätte gern einen Reichs-Burger chili cheese mit extra Bacon und Jalapeños. Dann könnten wir die einfach wegputzen. In ihrer Schublade würden sie sowieso verschimmeln.

Fleischesser. Ist Fleisch essen noch okay? Isst ein Fleischesser wirklich gar nichts anderes als Fleisch? Die Bezeichnung, die man diesen Menschen gibt, lässt das vermuten.

Veganer. Sind Veganer bessere Menschen? Na ja, das steht und fällt wohl mit den Vorbildern. "Besserer Mensch" klingt aber sehr gut. Gutmensch ist ein Schimpfwort geworden. Wieso?

Leute auf Twitter nennen sich: "Das Salz in der Suppe, free minded, Nichtraucher, Wissenschaftler, Sex Worker, depressiv, Gourmet, Weltenbummler, Familienmensch, Software-Zauberer, Jäger und Sammler, Schriftsteller."

Grenzgänger. Überschreitet er gesellschaftliche Grenzen oder Landesgrenzen? Egal, was er überschreitet, er muss sich ständig umgewöhnen.

Querdenker. Wer nur quer denkt, bewegt sich in der Horizontalen. Wäre Serpentinendenker nicht der bessere Begriff? Dann brächten einen die Gedanken wenigstens voran.

Schriftsteller. Schriftsteller stellen Dinge auf. Mit Schrift. Krude Sachen. Ich stelle mir vor, wie ein Schriftsteller drei Meter hohe Buchstaben aufstellt, so wie ein Möbelpacker meinen Kleiderschrank. Den, in dem die Schubladen sind.

Der Covidiot

Der Covidiot, der ist bald tot.
Leugnet den Virus, ich seh rot.

Steckt er sich an und wird dann krank,
Fault seine Leiche mit Gestank.

Die Maske trägt er nicht,
Mag sie nicht im Gesicht.

Die S-Bahn ist fast leer,
Hier drinnen mag ihn keiner mehr.

Dann geht er auf den Gletscher-Berg,
Unsolidarisch, dieser Zwerg!

Dort fasst er wieder nicht das Seil,
Sucht in queren Wegen Heil.

Alles weiß er besser schon,

Er macht mal wieder Opposition.

Der Bergführer, ganz ruhig noch, spricht,
"Du hast doch wohl 'ne Maske, nicht?"

Da erschrickt der Covidiot,
Fällt in 'ne Spalte und ist tot.

Die Statistik steigt nun nicht,
Er starb ganz anders, dieser Wicht.

Was müsste denn jetzt noch passieren?

Ein Tweet aus dem Juni 2020: *Was müsste denn jetzt noch passieren, damit 2020 endgültig zum globalen Horror-Jahr wird?*

Eine Antwort …

Angela Merkel und Emmanuel Macron besuchen das *Theatre National de Strasbourg*. Corona-Leugner, Impfgegner, die Antifa, ein deutsch-französischer Islamisten-Freundeskreis Koenigshoffen-Kehl und ehemalige Mitglieder von Combat 18 erfahren davon und verabreden sich in einer Facebook-Gruppe zum Sturmlauf. Mitten im Monolog von Stanislas Nordey passiert es. Macron, Merkel und die auch zufällig im Theater befindlichen Politiker Ségolène Royal und Robert Habeck kommen im Maschinengewehrhagel ums Leben.

Friedrich Merz lässt sich sofort bei Blackrock beurlauben. Nicolas Sarkozy erfährt, bereits mit Champagnerglas in der Hand, im Helikopter kurz vor der Landung auf der Jacht eines russischen Oligarchen von der Tragödie. Im Eilverfahren wird er zum kommissarischen Präsidenten Frankreichs ernannt. Friedrich Merz verliert hingegen im Fingerhakeln gegen

Markus Söder. Söder wird per Ermächtigungsgesetz Kanzler.

Daraufhin tritt Nordrhein-Westfalen aus der Bundesrepublik Deutschland aus und schließt sich den neu formierten föderierten Benelux-Staaten an. Armin Laschet wird dort König, Jens Spahn wird Großwesir. Man habe den Posten so genannt, um auch die muslimische Minderheit abzuholen. Die Wallonie wird an Kanada verpachtet. Seehofer muss nach Söders Machtübernahme nach Ungarn fliehen. Bei Viktor Orban bekommt er Asyl.

Von Joe Biden tauchen Party-Fotos mit Harvey Weinstein und Roman Polański auf. Es stellt sich heraus, dass nicht Polański, sondern Biden 1977 Sex mit der 13-jährigen Samantha Geimer hatte. Biden verliert also die Wahl gegen Trump. Allerdings nicht deshalb, sondern weil Biden sich öffentlich gegen den Sturm einer Miliz des Parlaments in Tallahassee ausgesprochen hatte. Bei fast gleichem Stand der Wahlmänner kippt Florida noch an die Republikaner, die dadurch die entscheidenden Stimmen zusammenbekommen.

In der Zwischenzeit tobt die nächste Corona-Welle durch Amerika. In den Medien wird davon aber nicht mehr berichtet. Stattdessen laufen Predigten im Fernsehen, in denen Evangelisten Trump segnen. Außerdem schlägt das Kawasaki-Syndrom um sich. Es interessiert aber niemanden. Die Presse berichtet, dass es freie Plätze in Schulen und Kindergärten gibt und man sei stolz auf die zusätzlichen Kapazitäten.

China importiert nicht mehr, weil sie nicht wollen, die USA importiert nicht mehr, weil sie nicht können. Die EU denkt, sie muss dagegenhalten und ernennt Marine Le Pen zur neuen EU-Außenbeauftragten.

"Batwoman" Shi Zhengli aus Wuhan – eigentlich auf Fledermäuse spezialisiert – warnt inzwischen vor der neuen Schweinegrippe G4 EA H1N1. Die werde genauso ein Rohrkrepierer sein, wie die erste Schweinegrippe und SARS, antworten Recep Tayyip Erdoğan, Boris Johnson und Jair Bolsonaro einhellig.

Indes taumelt die Wirtschaft weiter. Der Ölpreis sinkt auf minus 50 Dollar je Barrel. Vermehrt rufen Scheichs direkt bei Kleinanlegern der Sparkasse Ostwestfalen an, sie sollen doch die Tanker auf ihre Kosten leer pumpen oder die Lagerhaltungskosten und Hafengebühren tragen. Ein übereifriger Bankberater hatte das als sichere Geldanlage angepriesen. Er hatte es gut gemeint.

Elon Musk rechnet nach und verkündet auf Twitter den Bau eines Diesel-Modells. Der Aktienkurs von Tesla – bereits auf Höchststand – verdoppelt sich über Nacht. Alle anderen Autobauer, die inzwischen auf E-Mobilität gesetzt haben, stürzen ab. Weil er das auf Twitter angekündigt hat, wird ihm der Prozess wegen unerlaubter Beeinflussung der Aktienmärkte mit Insiderwissen gemacht. Da Guantanamo wegen Corona gesperrt ist, mieten die Amerikaner einen Platz im sibirischen Straflager Workuta-Petschora. Wladimir Putin bestätigt das Urteil – zwölf Jahre Arbeitslager – noch schnell persönlich per Dekret. Auch nach russischem Recht sei das angemessen. Trump bekräftigt per Tweet, dass er es gut findet, dass so ein starker Typ bis 2036 Präsident bleibt.

Das Orchester der Berliner Philharmonie sieht in der Zwischenzeit keine Existenzgrundlage mehr. Auch das hundertste Mahler-Orff-Beethoven Konzert hat online so wenig eingespielt, dass die Musiker sich in einem konzertierten (wie sonst) Selbstmord das Leben nehmen. Sie erdrosseln sich mit den Saiten der Violinen. Ausgerechnet die erste Violine setzt sich vorher ab. Sie wird später in der Berliner U-Bahn von Linken gelyncht – wegen unsolidarischen Verhaltens.

Uli Hoeneß verkündet am nächsten Tag, dass die Menschen ja jetzt mehr Zeit für Fußball hätten, wo doch gar keine anderen Veranstaltungen mehr stattfinden: Wenn die Kulturschaffenden freiwillig vom Platz gehen, kann man halt nichts machen. Da das Einzige, was man noch sehen kann, die ersten Ligen aus Deutschland, England, Italien und Spanien sind – ausschließlich im Fernsehen – wirbt er auch noch für die Stadion-Currywurst aus der Mikrowelle und ein Bier, das Lieferando gleich mit Plastikbecher bis zur Haustüre liefert – mit aufgedrucktem Vereinsemblem und für das echte Stadiongefühl zu Hause auf der Couch.

To be continued …

Drei Euro einundvierzig - Genuss auf ganzer Strecke

Ich renne nach verschiedenen Geschäftster-
minen mal wieder zum Zug. Verpasse ihn
knapp und sehe ihn noch aus dem Bahnhof
fahren. Ich schwitze in meinem Anzug, bin leider viel zu stark außer Atem. Was soll's, der
nächste ICE fährt glücklicherweise vom gleichen Gleis in nur fünfzehn Minuten. Er fährt sogar schneller ein, weil er von diesem Bahnhof
aus startet, also hier bereitgestellt wird. Es ist
noch keine Anzeige an, doch alle, die den Zug
davor verpasst haben, wie ich, steigen schon
mal ein, in der Hoffnung, es ist der richtige
Zug. Tatsächlich ist er es.

Als wir kaum zehn Minuten unterwegs sind,
öffne ich Twitter. Ich hatte den ganzen Tag einen Termin nach dem anderen und nichts von
der Welt mitbekommen.

Ein Kabarettist entschuldigt sich öffentlich
für eine missglückte Stelle in einem Podcast,
die er mit einem anderen Kabarettisten aufge-
zeichnet hatte. Der andere Kabarettist machte
dort frauenfeindliche Bemerkungen und der
erste Kabarettist hatte darüber laut gelacht.

Jetzt muss er sich entschuldigen. Die Diskussion darunter ist ellenlang. Viele nehmen die Entschuldigung nicht ernst. Andere meinen herauszuhören, dass er sich gar nicht für die Frauenfeindlichkeit entschuldigt, sondern für etwas anderes. Und überhaupt sei seine Entschuldigung implizit schon wieder frauenfeindlich. Da ist eine lange schriftliche Diskussion darunter, beziehungsweise sie schwebt darüber. Meine Meinung pendelt zwischen dem Glauben an die Ehrlichkeit der Entschuldigung des Kabarettisten und seines Versuchs, Schaden für seinen Ruf zu begrenzen. Ich verkneife mir eine eigene Position oder einen Kommentar. Seltsame Diskussion. Warum lese ich das?

Im Zug habe ich erstmal einen Hustenanfall. Das kommt noch vom Rennen zum Gleis. Der erste Fahrgast setzt sich noch weiter weg. Das Abteil ist fast leer. Alle anderen schauen mich sehr misstrauisch an. Ich muss unbedingt den Husten unterdrücken, sonst werde ich noch abgeführt.

Eine Zugbegleiterin aus dem Bordrestaurant, die gerade angelernt wird, balanciert ein Tablett mit Bechern mit frischem Kaffee durch den Zug. Sie wird begleitet oder vielmehr verfolgt von einem erfahrenen Kollegen, der aufpasst, dass sie nichts falsch macht und der ihr Dinge erklärt, wenn es nötig ist.

"Ja, ich hätte gerne einen Cappuccino", sage ich, auf ihre vorherige Frage antwortend.

"Mit Zucker?", fragt sie. Sie bleibt sofort neben mir stehen, stellt den Pappbecher auf meinen Tisch. Ich sitze immer im Großraumwagen an Tischen. Dort kann ich mein Notebook aufklappen und während der Fahrt arbeiten. Mit einem Pappbecher Cappuccino fühle ich mich wie in einem perfekt ausgestatteten Office. Nur das WLAN legt manchmal Schweigeminuten ein.

Auf Twitter postet einer einen Zeitungsbericht zur öffentlichen Anhörung der Einwendungen gegen die Gigafabrik von Elon Musk in Brandenburg. Vierhundertelf Anträge. Die ersten fünf Stunden wurde aber gar nicht darüber diskutiert. Thema war nur die Prozessordnung und ob der Anhörungsleiter befangen ist und abgelöst werden muss. Wie schön, dass wir so innovative Projekte in Deutschland machen. Das wird bestimmt toll, wenn die Vierhundertelf Anträge entschieden sind und in nicht mal zehn Jahren mit dem Bau begonnen werden kann. Danach holen wir sicher auch Olympia nach Berlin.

"Keinen Zucker, bitte. Wie viel bekommen Sie?"

Die Frau in der Bahnuniform startet ihr Tablet. Neben einem Tablett mit Kaffee hat sie auch noch ein Tablet dabei. Das ist neu.

Normalerweise sagen sie an der Stelle immer: "Drei Euro fünfzig."

Sie tippt wild mit einem Tablet-Stift auf dem Gerät herum. Sie muss erst ein Programm starten, dann die Kategorie wählen, das Produkt auswählen, den Preis bestätigen, angeben, dass ich bar zahle und anscheinend noch zwei Dutzend Dinge mehr auswählen. Sie trifft auch nicht immer jeden Button, muss manchmal den gleichen Menüpunkt mehrmals auswählen. Ihr Kollege sagt die ganze Zeit nichts, wird aber sichtlich nervös.

Irgendwann sagt sie: „Drei Euro einundvierzig" Ich frage, warum das so ein krummer Betrag ist.

"Die Mehrwertsteuersenkung", sagt sie. Ach ja, das wurde wohl auf den Cent genau an die Reisenden weitergegeben. Sehr sinnvoll, nur kein Rotgeld verschwenden.

Oje, gerade, als ich ihr das Geld geben will, schmiert ihr Tablet ab. Sie muss alles nochmal eingeben. Auf dem Pappbecher meines Cappuccinos steht "Genuss auf ganzer Strecke". Ich fange schon mal an zu trinken, sonst wird der Genuss mir kalt.

"Früher ohne Tablet war das einfacher", sage ich. Beide rollen die Augen. Jetzt bricht es aus ihnen heraus.

"Ja", sagt der erfahrene Kollege, "früher haben wir einfach vorgezapft und im Bordrestaurant die Belege rausgelassen. Jetzt dürfen wir die Belegrollen nicht mehr verwenden. Alles muss über das Tablet gehen. Das dauert viel länger."

Er klingt ein bisschen weinerlich bis verzweifelt. Man merkt, dass ihm das peinlich ist. Ein Mann, der am Nebentisch sitzt und komplett hinter einer riesigen Maske verborgen bleibt, hört das alles und schüttelt ununterbrochen den Kopf. Sagen tut er nichts.

Wir fahren an Limburg-Weilburg vorbei. Auf meinem iPhone gibt die App Katwarn eine Warmsignal von sich. Der Landrat teilt mit, dass im Landkreis Limburg-Weilburg mit Stand Mittwoch, Zwölf Uhr, 31 Personen aktiv mit dem Corona-Virus infiziert sind. Sie verteilen sich auf Limburg (19), Weinbach (3), Hadamar (3), Beselich (2), Brechen (2), Selters (1) und Runkel (1). 266 Menschen befinden sich im Landkreis derzeit in Quarantäne. Acht Personen sind leider in Verbindung mit dem Coronavirus verstorben. Mensch, in Runkel war ich mal Kanu fahren. Wie gefährlich. Danke für die Warnung.

"Weil Sie einen Kaffee gekauft haben, haben wir noch diesen Testriegel als Geschenk für Sie", sagt die Zugbegleiterin in Einarbeitung.

Was ist ein Testriegel?, denke ich. Sie legt mir einen Schokomüsliriegel mit Meersalz hin. Die Kombination schmeckt, wie sie klingt – interessant.

Christian Drosten meldet sich nach langer Pause wieder einmal auf Twitter. Er äußert sich zur Sterblichkeitsrate. Die Kommentare unter seinem Tweet treiben mir die Schamesröte ins Gesicht. Langsam tut er mir leid. Ich hoffe, er darf ins Zeugenschutzprogramm, wenn das alles vorbei ist.

Die beiden Zugbegleiter aus dem Bordrestaurant gehen mit ihren restlichen Kaffees auf dem Tablett und ihrem Tablet den Gang entlang weiter. Ich lehne mich gemütlich in den Sessel des Großraumwagen und schlürfe meinen lauwarmen Cappuccino. Genuss auf ganzer Strecke.

Die Gespräche der Anderen

*E*in Dispatcher steuert auf der Leitungs-
ebene eines Betriebes den optimalen Ein-
satz der zur Verfügung stehenden Mittel
und gewährleistet den entsprechenden Informati-
onsfluss und den materiellen Handlungsfluss. In
der Regel unterstützt der Dispatcher die ausführen-
den Personen bei der Fehlerbehebung.

#

Ein Oberkellner par excellence, das ist Harald. Er ist Oberkellner in einem Restaurant in
einem österreichischen Skiort. In einem Fünf-
Sterne-Hotel.

Harald hat ein Auge für alles. Der Besucher,
der zum ersten Mal das Restaurant betritt und
seinen Platz sucht, bleibt nicht lange an der
Türe stehen. Noch bevor er jemanden fragt - er
hat bisher nur fragend dreingeschaut - wird er
von Harald nonchalant zum dem Tisch geführt,
der die ganze Skiwoche über für diesen Gast re-
serviert ist. Smalltalk über die wahlweise bereits entspannte oder noch anstrengende An-
reise fällt Harald ebenso leicht, wie über das
Wetter während des Skitags zu parlieren.

Harald ist noch nicht ganz 60 Jahre alt, schon sein halbes Leben Oberkellner und in der Saison sieben Tage die Woche sowohl beim Frühstück als auch beim Abendessen anzutreffen. Wahrscheinlich hat er nie selbst eine Piste gesehen, aber er kann über alle Arten von Neuschnee reden. Er gibt auch Tipps, wie man auf vereisten Hängen oder im hohen Pulverschnee abfährt.

Harald trägt schwarze Schuhe, eine schwarze Hose, ein weißes Langarmhemd, darüber eine bordeauxrote Weste, kein Jackett darüber, aber ein Plastron, das eng sitzt und in die Weste eingesteckt ist. Das Ganze mutet traditionell österreichisch an. Es wirkt wie eine Mischung aus Tracht und Dienstkleidung.

#

Kommt der für den Tisch zuständige Kellner seiner Meinung nach einen Tick zu spät, um die ersten Getränkebestellungen aufzunehmen, übernimmt Harald das im Vorbeigehen selbst. Nicht ohne nebenbei der Dame am Tisch zu sagen, welch schöne Gesichtsbräune sie bereits im Urlaub aufgenommen hat und wie entspannt sie aussieht. Die Dame lächelt ernsthaft geschmeichelt, obwohl sie weiß, dass das nur eine höfliche Aufmerksamkeit sein sollte. Ja, die Wintersonne auf den Bergen ist schon was Besonderes. Man schwärmt gemeinsam.

"Aber immer guat eincremen, gö!" Harald ist die Gesundheit seiner Gäste wichtig.

Der zuständige, aber kurzzeitig vermisste Tischkellner wird auf dem Rückweg von Harald auf seinen Fauxpas hingewiesen, noch während Harald zwei leere Teller vom Nachbartisch abräumt. Der Rückweg von Harald, das ist der Weg vom Tisch, an dem er aushelfen musste, bis zu der Position zwischen allen Tischen, der kleinen Indoor-Kochstelle und der separat in einem Nebenraum befindlichen Großküche. Harald kehrt immer wieder ungefähr an diese Stelle zurück, schwankt manchmal vor, geht zwei, drei Schritte nach links oder rechts. Man meint, es wäre eine unsichtbare Markierung am Boden. Ein Rechteck von zwei mal drei Metern Größe vielleicht. Von dort aus hat Harald alles im Blick, sieht, was aus der Küche kommt, spürt, was schon aus der Küche hätte kommen müssen, aber noch nicht da ist, und fragt nach.

Harald ist nicht wie der Kapitän auf einem Boot. Harald geht auch mal selbst 'in den Maschinenraum' um mit Hand anzulegen. Immer dann verlässt er seine Position. Bei allem, was

Harald tut, ist er bestimmt und schnell. Befehle gibt er, aber nie im Befehlston. Die ganze Kommunikation ist freundlich. Seine Mitarbeiter befolgen dennoch sofort alles, was er ihnen aufträgt.

#

An Tisch 105 sitzen drei Männer. Zwei von Ihnen unterhalten sich.

"Was hältst du von den Masken? Mir gehen sie auf den Wecker", fragt und antwortet der Älteste am Tisch zugleich.

"Mir auch, ich will sie einfach nicht mehr den ganzen Tag tragen", sagt der Jüngste.

"Aber was machst du, wenn du dich ansteckst?"

"Wenn ich deshalb sterbe, kann ich damit leben."

"Nein, eben gerade nicht." Der Älteste freut sich, dass er diesen Wortwitz bemerkt hat und grinst wissend.

"Ach, du weißt wie ich das meine.", Der Jüngere ärgert sich ein bisschen. "Und außerdem, eine Grippe ist genauso schlimm wie Corona", behauptet er weiter.

"Nein, ist sie nicht. Corona ist ja eine Pandemie und geht über die Ländergrenzen hinweg. Das macht sie erst zur Pandemie und weltweit zur Bedrohung", belehrt ihn der Ältere.

"Ach so, gut. Aber wie ist das mit den Grippeviren? Die bleiben dann wohl an der Grenze, oder wie?"

"Öh ... ja, das muss wohl so sein. Ich weiß nicht warum, aber die bleiben dann wohl im Land. Sonst wäre eine Grippe ja auch eine Pandemie."

"Ach so."

Beide schweigen sich noch kurz an und wechseln dann das Thema.

#

Für Tisch 111 ist eine junge Kellnerin zuständig. Sie hat ein Dirndl an, schulterlange blonde Haare und eine Hornbrille mit sehr dunklem Rahmen, die auch deshalb so auffällt, weil sie einen deutlichen Kontrast zur Haarfarbe darstellt. Es ist sicher progressiv und mutig, das so zu tragen, aber man muss es mögen.

Am Tisch sitzt eine vierköpfige Familie. Ein Ehepaar mit zwei Söhnen im Teenager-Alter.

Egal, was die Familie bestellt oder wünscht, die Kellnerin antwortet immer mit zwei Sätzen, die mehr als antrainiert wirken.

"Kann ich noch ein Viertelchen von dem leckeren Roten haben?", fragt der Mann, nachdem sein Glas leider schon wieder leer ist.

"Gerne, gerne", ist ihre Antwort. "Hat Ihnen die Vorspeise geschmeckt?"

"Ja, das war wunderbar", äußert die Frau aufrichtig. Sie ist ein großer Fan der österreichischen Küche.

"Danke, danke", erwidert die Kellnerin.

So geht das die ganze Woche über, "Gerne, gerne" und "Danke, danke" machen 50 Prozent der Konversation aus.

Nach vier Abenden mit Fünf-Gänge-Menü und "Gerne, gerne, Danke, danke" hat die Familie genug davon und flieht in eine Pizzeria der Mittelklasse im Ort. Hier ist alles deutlich einfacher, die Kellnerin ist auch die Besitzerin und kommuniziert eher herzlich rustikal mit ihren Gästen.

"Wenn nochmal diese Hornbrillenschlange kommt, sag ich ihr, sie soll sich verpissen, sie nervt", bricht es aus einem der Söhne heraus.

"Dann antwortet sie bestimmt: gerne, gerne", sagt der andere Sohn spontan. Alle prusten vor Lachen.

"Und wenn wir ihr sagen, sie hat eine scheiß Brille, sagt sie wahrscheinlich: danke, danke", legt der Vater noch einen nach.

Die ganze Familie bekommt einen Lachanfall. Minutenlang ringen die vier nach Luft. Die Vorstellung ist einfach zu verlockend und sie schwören sich, das morgen beim Abschluss-Menü auszuprobieren. Zurück im Hotel am nächsten Tag traut sich das natürlich keiner der vier ernsthaft. Aber immer, wenn die Kellnerin an den Tisch kommt, müssen alle vier grinsen und können einen neuen Lachanfall kaum unterdrücken. Sie lachen noch über die Witze vom Vortag. Über ihre neuen Insider-Witze.

#

In der Pizzeria holen auch viele Gäste bestellte Pizzen und Nudelgerichte ab, um in ihren gemieteten Ferienhäusern zu essen. Zwei sehr dicke Frauen kommen fast gleichzeitig zum Abholen herein.

"Sie haben eine schöne Hose. Gar nicht so leicht zu bekommen in unserer Größe", äußert sich die erste sehr lobend.

"Ja, mein Geheimtipp ist: Bettlaken bei Ikea kaufen, einfärben und selbst eine Hose nähen".

#

Der Vater der vierköpfigen Familie geht an die Theke, um zu bezahlen. Vier Personen, 65 Euro. Neben ihm an der Theke steht plötzlich zweimal Lindsey Vonn. Also nicht die echte, aber es stehen da zwei ungefähr dreißigjährige, große, blonde Frauen, offensichtlich Zwillinge. Beide sind in weiße Skijacken eines bekannten regionalen Modelabels gehüllt. Den Helm tragen sie jeweils unter dem Arm.

"Säg a mol, was hosch du bestöht, das das so deia isch", fragen sie ihn. Sprechen beide simultan oder fragt nur eine der beiden? Schwer zu sagen. Der Kontrast zwischen Dialekt und Aussehen bringt den Mann aus dem Konzept.

Er stammelt irgend etwas wie: "Ich hole gar nichts ab" und "Ich habe das nicht allein gegessen", und schließlich verlässt die Familie die Pizzeria.

Beim Verlassen der Pizzeria schaut der Vater beiden noch hinterher. Waren das die Skihasen, von denen immer die Leute erzählen, die vom Après-Ski kommen? Bei den beiden sieht man ja schon doppelt, bevor die harten Getränke serviert werden und ihre Wirkung zeigen.

#

Ein junger Mann ist mit seiner Freundin zum Essen in der Pizzeria. Kurz nachdem er die Rechnung ordert, gibt er seiner Freundin ein Zeichen. Daraufhin holt sie ihr Portemonnaie aus ihrer Handtasche, nimmt etwas Geld heraus und reicht ihm die Scheine unter dem Tisch herüber. Als die Kellnerin mit der Rechnung am Tisch erscheint, tut der junge Mann so, als ob er alles begleicht und seine Freundin eingeladen hätte. Er will den generösen Gentleman spielen, ist es aber wahrlich nicht. Warum macht die junge Frau das mit und wie lange werden die beiden wohl noch zusammenbleiben? Entweder er lädt sie ein oder nicht. Aber nur so zu tun? Zweifelhaftes Verhalten.

#

Im Fünf-Sterne-Hotel-Restaurant schaut der dritte Gast an Tisch 105 sein noch leeres Weinglas im Gegenlicht der Lampe an, weil er meint, einen Fingerabdruck darauf erkannt zu haben. Harald stellt das neue, blitzblank saubere Weinglas hin, noch bevor der Gast sich sicher ist und das vermeintlich nicht ganz saubere Glas wieder abgestellt hat.

Kommentarlos und mit einem Lächeln nimmt er dem Gast das Glas ab, schüttelt den Kopf und sagt so etwas wie: "Ach, geh, miar wella unseren perfekten Blaufränkisch moll nit aus an fadem Glasl trinken, gö?" Das geht so schnell und sympathisch vonstatten, dass ein jeder Gast sofort hingerissen schmunzeln muss.

#

An Tisch 107 sitzt ein Herr mit seinem schon erwachsenen Sohn. Der Vater trägt einen Anzug, Hemd und Krawatte, dazu eine teure Armbanduhr und sieht aus wie ein Firmenchef, Banker, Chefarzt oder Anwalt.

Der Sohn trinkt Mineralwasser und der Vater hat ein kleines Glas Wein bestellt, aber ein Viertelchen erhalten. Die falsch herausgebrachte Glaskaraffe lässt er nach einer freundlich vorgetragenen Beschwerde ordnungsgemäß zurückgehen. Er hatte ja nur ein Glas bestellt. Als er dieses und das nächste Glas geleert hat, bestellt er noch ein drittes Gläschen nach. Aber alles hat seine Ordnung.

#

Nach einigen Viertelchen bleibt ein Toilettengang nicht aus. Auf der Toilette beobachtet man wohlhabende Menschen, die im Urlaub lässige Jackets tragen. Ohne Krawatte und mit aufgeknüpftem, weißen Hemd. Eine Hand benötigen sie zum Pinkeln, in der anderen halten sie ihr Smartphone, auf dem sie während des Pinkelns mit dem Daumen wischen. Zeit ist Geld und da man nach der Rückkehr an Tisch 103 wieder der Konversation folgen muss, checkt hier so mancher Gast schnell die Mails und eventuell auch die Börsenkurse. Man weiß es nicht, aber es muss wichtig sein.

Wichtiger als das Gespräch mit den langjährigen Freunden, mit denen man sich im Skiort einmal im Jahr trifft. Wichtiger als der Austausch der Ehefrauen über die richtige weiterführende Schule. Die Kinder kommen bald in die dritte Klasse und für die richtige Wahl bleiben nur noch zwei Jahre Zeit. Der Stresspegel steigt. Tage der offenen Tür, pardon, der offenen Schule, stehen an. Alles will gut überlegt sein, schließlich gilt es, die perfekte Bildung für die eigenen Bälger auszusuchen.

Die Spaghetti vom Kinderbüffet hängen nur leicht über den Tellern, die Tischdecke hat unvermeidliche rote Flecken von Tomatensoße, und während man weiter über die Vorzüge von humanistischem und katholischem Gymnasium philosophiert und sogar kurz über Waldorfschulen spricht - natürlich nicht ohne den obligatorischen "er kann seinen Namen tanzen"-Witz zu machen - drehen die Mütter gekonnt die herunterhängenden Spaghetti ohne hinzusehen mit der Gabel auf und probieren sie wieder in den Teller zu legen.

Die Väter versuchen das nachzumachen. Jedoch sind sie nicht so elegant dabei, es fällt ihnen selbst die ein oder andere Spaghetti auf die nicht mehr weiße Tischdecke. Das merkt aber keiner. Am Ende wird nicht festzustellen sein, ob es eher die Kinder waren, die die Tischdecke versaut haben, oder die Väter beim Versuch, Schlimmeres zu vermeiden. Am Ende ist das ja auch egal.

Man ist in wichtige Gespräche vertieft. Immerhin kommt die Frage nach der richtigen weiterführenden Schule der Kinder in der Rangfolge der Wichtigkeit gleich nach der Frage nach dem Sinn des Lebens. Das Gesamtbild, das die Väter produzieren, ist am Ende dennoch aufgeräumter, denn die Väter essen die Nudeln einfach auf, nachdem sie sie aufgedreht haben. Sie achten weniger auf ihre Linie als ihre Size-Zero-Frauen. Aufräumen heißt bei Vätern gleich aufessen.

"Wie ist deine Dorade? Isst du eigentlich gerne Fisch?", fragt eine Mutter die andere gleich doppelt.

"Unter uns, ich hasse Fisch", sagt die Befragte ganz leise mit vorgehaltener Hand. "Ich esse nur Fisch, wenn die Kinder dabei sind. Damit sie ein gutes Beispiel haben und später auch einmal Fisch essen. Wenn die Kinder nicht da sind, bestelle ich das gedünstete Gemüse oft ohne den Hauptteil und esse rein vegetarisch. Außerdem muss man ja auch auf die Linie achten und mir reicht die Beilage völlig."

"Da sagst du was. Schönheit kennt keinen Schmerz. Was anderes ist Thunfisch. Der schmeckt ja fast wie Steak. Allerdings frage ich immer, wie der gefangen wurde. Ich esse ihn nicht, wenn er aus Grundschleppnetzen stammt."

"Recht hast du, das geht gar nicht", stimmt die Zweite zu.

Man stellt sich eine Verkäuferin an der Fischtheke im Supermarkt vor und wie sie einen anschauen wird, wenn man ihr diese Frage stellt.

"Können Sie mir bitte sagen, wie Ihr Thunfisch gefangen wurde?"

Aufgeregt wird sie ihren Kollegen um Hilfe rufen: "Wolfgang, komm schnell. Wieder so ein Irrer an der Theke ...". Sie drückt noch auf den roten Knopf unter der Fischtheke. Dann geht der Alarm los ...

#

Im Raum sitzt eine Teenagerin auf einer Eckbank ganz verlassen herum. Sie hat In-Ear-Kopfhörer auf und hört Heavy Metal. Sie hört dermaßen laut, dass sie nicht bemerkt, dass sie trotz der Kopfhörer den halben Raum beschallt. Von vielen Tischen schauen die Menschen genervt zu ihr herüber und man merkt wie es in ihnen brodelt, als einer der Männer von Tisch 105 vor ihr auftaucht und wild vor ihr gestikuliert. Als sie aufsieht, bittet er sie höflich, aber bestimmt, ob sie den Lärm etwas leiser stellen oder besser ganz abstellen kann.

"Ja, natürlich", antwortet sie, ehrlich überrascht, dass man das gehört hat und vor allem, dass es jemanden gestört hat.

#

Zurück an Tisch 105 geht es um die Auswahl des Menüs.

"Was hast du als Hauptgang gewählt?", fragt der eine seinen direkten Gegenüber. "Den gebratenen Loup de Mer mit einem Ratatouille-Sugo, geröstete Taggiasche Olive, Zucchiniblüte und Lardo di Colonnata oder den Tatar vom Weideochsen und gelierte Oxtailsoup mit Bio-Eigelb, Kartoffelschaum und geräuchertem Schwarzbrot?"

"Klingt kompliziert. Ich weiß immer nicht, was das alles genau ist", mischt sich der Dritte am Tisch ein.

"Ja, geht mir genauso", antwortet der Befragte. "Ich schaue deshalb immer nach dem Substantiv. Ich nehme das Lamm. Also den Rücken vom Österreichischen Salzwiesenlamm mit Bohnen-Anchovipüree, P.X. Essig und Löwenzahn. Da kam das Wort Lamm drin vor. So weiß ich immer ungefähr, was ich bekomme."

"Gute Methode!", stimmen die anderen beiden fast zeitgleich zu und lachen.

Harald hört mit. "Eine wörkli guate Wahl. Unser Lammrücken isch dermaßen zart, gö, des isch a Freid. Da kommt ke Babypopo ran, so zart isch des."

Harald blinzelt dem Gast im Gehen noch schelmisch zu und gibt die Bestellung nach hinten weiter.

#

Der Speisesaal des Restaurants ist eigentlich nicht hellhörig. Man sitzt auf Eckbänken und Stühlen immer etwas zurück gezogen in Nischen. In nächster Umgebung sind trotz der Größe des Saals immer nur vier, fünf Tische. Die anderen Gäste sieht man kaum, weil sie um Ecken herum sitzen. Der Saal hat einen Teppich und die Stühle und Bänke sind gepolstert. Das schluckt den Schall.

Trotzdem ist es erstaunlich, was man in so einem Speisesaal alles hört oder meint zu hören. Vermischt man hier tatsächlich gehörte Wortfetzen mit seiner Phantasie und reichert sie an? Hat man das richtig gehört oder spielt einem sein Gehör einen Streich?

"In Wetzlar gibt es eine ganz liebe Domina", hört man einen Mann an Tisch 114 zu seinem Tischnachbarn sagen. Ist das nicht eine Kontradiktion? Was soll das sein, eine ganz liebe Domina? Wer hat auf diesem Gebiet schon Erfahrungen, das Attribut "ganz lieb" bezogen auf eine Domina erscheint aber unpassend.

"Die ist so nett, ich habe ihr sogar ein Geburtstagsgeschenk vorbeigebracht", fährt der Mann fort. Er scheint Stammkunde zu sein.

Wenn man sich verhört haben sollte, was kann es außer einer Domina gewesen sein? Konditorin, Kindergärtnerin, Schornsteinfegerin? Nein, das kann es nicht sein. Es fällt einem kein Beruf ein, der so ähnlich klingt. Teilweise schon bizarres Publikum hier im Fünf-Sterne Hotel. Wahrscheinlich kann sich der Mann einfach eine ganz liebe Domina leisten. Gibt das eigentlich einen Preisabschlag, wenn die Domina lieb ist?

#

Am Tisch 110 kam das Ochsensteak etwas zu blutig heraus? Sofort schickt Harald einen Gesellen in die Küche, er solle dem Koch Bescheid geben, für die noch kommenden Gäste etwas mehr Garstufe zu geben. Parallel bietet er dem enttäuschten Gast einen regionalen Schnaps aufs Haus an.

#

Auffällig viele Silberrücken - also Männer mittleren Alters mit graumelierten Haaren - kommen mit auffällig jüngeren Frauen zum Essen. Viele sind sehr adrett in hübsche Kleider gehüllt. Auch viele Vorschul- und Kleinkinder sind dabei. Für die Männer meistens die zweite Familiengründung.

An Tisch 106 sticht eine junge Frau mit dunklem Teint und schwarzen Haaren, die zu einem langen Pferdeschwanz zusammengebunden sind, aus der Menge heraus. Sie trägt ein kurzes schwarzes Top, bauchfrei, hat ein Bauchnabel-Piercing und eine schwarz glänzende Lackhose an. Sie wirkt wie ein Fremdkörper in dem doch insgesamt eher gediegen schicken Ambiente. Neben ihr sitzt ein etwas älterer Mann, allem Anschein nach ihr Partner. Neben ihr bleibt er blass und ohne Beschreibung.

Eine der Mütter von Tisch 103, die vorher die geschmackvollen Kleider der schicken Damen im Saal gelobt hat, rollt mit den Augen und boxt ihrem Mann in die Rippen, als sie merkt, dass er ausgerechnet der Dame in schwarz auf den Arsch schaut. Erwischt. Seine Frau ist noch fünf Minuten über seinen schlechten Geschmack entsetzt, dann beruhigt sie sich wieder.

Zu dem Paar an Tisch 106 gesellt sich eine dritte Person. Sie ist so jung wie die erste Frau, aber unter ihrem Kopftuch lugt kein Haar hervor. Das Kopftuch ist einfarbig olivgrün und passt durchaus zu der modischen Bekleidung der jungen Dame. Googelt man "Mode arabisch Frauen modern" wird man fündig. Stilistisch handelt es sich um eine Abaya. In der arabischen Welt gilt das Tragen dieses Kleides in der Öffentlichkeit als Minimum der Verhüllung. Die Abaya reicht vom Hals bis zu den Fußspitzen. Designerinnen muslimischer Mode bieten die Abaya inzwischen in zahlreichen modischen Varianten an.

Die beiden Frauen scheinen befreundet zu sein. Und obwohl beide modische Varianten ihrer jeweiligen Kleidung der Wahl tragen, so bilden sie dennoch einen extremen Kontrast, der surreal wirkt. Das regt die Neugier an. Was verbindet die beiden Frauen? Sind es Schwestern? Schulfreundinnen? Man kommt auf keine sinnvolle Erklärung und wird sie auch später am Abend nicht erhalten. Aber man darf sich etwas dazu ausdenken.

#

Zum Dessert empfiehlt Harald dem Domina-Kunden von Tisch 114 einen Dessertwein. Die Cuvée Auslese von einem Weingut aus dem Burgenland soll es sein. Eine sehr gute

Wahl. Diese funktioniert in den folgenden Tagen auch schon zur Vorspeise, zur Gänsestopfleber beispielsweise. Mittlerweile haben Österreich und dreizehn andere europäische Länder das Stopfen verboten. Auf der Karte befindet sie sich dennoch, importiert aus Frankreich unter dem klangvollen Namen 'foie gras'.

#

Das Käsebrett lässt nichts zu wünschen übrig. Man findet eine gute Mischung aus französischen Klassikern: Époisses, Langres, Brie de Meaux, Comté. Kombiniert dazu natürlich regionale Produkte: Capellaro, Vorarlberger Bergkäse, Goaskas, Bergbauern-Mozzarella und Pinzgauer Bierkas.

Auch der Bio-Feigensenf stammt aus Österreich. Es gibt aber auch einen Preiselbeer-Krensenf und einen Bio-Marillensenf. Das Brett ist garniert mit frischen Trauben und Walnüssen.

Bereits während der Hauptgänge kommen immer wieder Teenager an das Käsebrett. Sie nehmen sich so große Stücke, dass man allein davon und ganz ohne weitere Menügänge satt werden könnte. Einer schneidet direkt am Brett etwas ab und isst es dort vom Messer. Sein Kumpane nimmt jetzt gar den Bergkäse in die

Hand und macht sich daran, direkt abzubeißen. Man zuckt zusammen und es stockt einem der Atem. Der Firmenchef von Tisch 107 will gerade einen Brüller fahren lassen. Zwar mischt er sich ungern ein, aber hier kommt der Käseliebhaber in ihm durch. So ein Frevel geht doch nicht!

Eine junge, schicke Frau kommt ihm zuvor. Um die Mutter der Teens zu sein, ist sie selbst zu jung, aber offensichtlich hat sie die Erziehungsbefugnis. Der Junge erschrickt, als sie ihn zurechtweist und legt, ohne abgebissen zu haben das große Stück Käse auf das Brett zurück. Die Ermahnung erfolgt in hartem Russisch.

Als die Teens sich trollen, legt die junge Frau selbst in aller Seelenruhe drei Käsesorten komplett auf einen Teller. Dazu alle Trauben, die auf dem Brett lagen. Wie ein Model schreitet sie zurück zu Tisch 104, wo sie ihr privates Käsebüffet in die Mitte stellt. Sie selbst isst nichts davon. Sonst könnte sie ihre Figur nicht halten. Ein Meter siebzig, vierundfünfzig Kilo.

Harald merkt, dass der Firmenchef die Szene beobachtet hat. Er wendet sich an ihn.

"Jo, mei. Ab und an hommer noch a kläns bizzle kulturelle Probleme mit unseren Gästen aus Osteuropa. Abr as wird beissa. Daweil hommer die Werbung in Osteuropa a kläns bizzle reduziert, gö." Es ist ihm peinlich, aber er belässt es dabei und dreht wieder ab. Harald redet nicht schlecht über andere Gäste. Es ist ihm rausgerutscht.

#

"Was, des ka doch nit wahr si, jätz kumm i extra aus Wien daher und i hon grad dieses Hotel ausgesucht, um a paar Täg zu entspannen, und dann gibts gar ke Kinderbetreuung. Ah geh!"

Die Dame ist sehr schick. Typ erfolgreiche Unternehmerin, vielleicht auch eine Galeristin oder Mode-Designerin. Sie sitzt mit ihren beiden Kleinkindern aber ohne weitere Begleitung an Tisch 102, ist außer sich, will den Hotel-Chef sprechen. Zwei Kellner und Harald beruhigen sie. Die Kinderbetreuung für die beiden Kleinen wird organisiert werden.

"Mir hon sie jo so lieb, die Kluanen".

#

Hinten am Ecktisch 118 weint eine Frau. Das heißt, sie heult nicht wirklich drauflos, aber sie hat Tränen in den Augen, die in regelmäßigen Abständen die Wangen herunter laufen. Rechts wie links. Der Mann am Tisch hält ihre Hand.

Sie zögert noch, diese wegzuziehen, aber es ist zu sehen, dass ihr weder die Situation noch die Position angenehm ist. Der Mann tupft die Tränen immer dann weg, wenn sie runterkullern. Keine Träne tropft auf den Tisch. Was die beiden sich wohl zu erzählen haben? Bis zu den anderen Tischen kann man leider nichts hören und sie sind auch zu weit weg, um von den Lippen zu lesen.

Das Paar hatte schon bessere Tage. So viel ist klar. Anscheinend mögen sie sich noch. Sie streiten nicht, reden abwechselnd, sind einfach nur traurig. Hat er sie betrogen? Haben sie sich auseinandergelebt und im Urlaub kommt alles hoch? Versuchen sie einen Neuanfang oder war das ihr Abschiedsurlaub? Auch das wird man nicht in Erfahrung bringen.

Man müsste schon aufstehen und zu ihrem Tisch hinüber gehen und sagen:

"Entschuldigung, ich habe Sie gerade aus der Distanz beobachtet und wollte wissen, was das Problem ist. Außerdem interessiert mich, ob sie trotzdem zusammenbleiben oder nicht, egal, wie schlimm das Problem ist und wer schuld war. Hier möchte ich gerne nacheinander beide Versionen hören. Aber bitte langsam, mit allen Details und immer schön ausreden lassen".

Hm, die Idee muss wohl verworfen werden. Sie scheint nicht umsetzbar, keinesfalls distanziert, sondern unangemessen und aufdringlich. Ist der Lauschversuch schon unhöflich? Blöde Neugier.

#

Ein weiteres Paar sitzt nicht weit entfernt an Tisch 112. Die Frau ist in den Sechzigern, der Mann vielleicht etwas älter. Beide sind dick und haben graublonde Haare. Der Mann trägt eine Brille viel zu weit vorne auf der Nase und sieht immerzu darüber hinweg. Die Frau trägt eine goldene Haarspange.

Sie ziehen beide eine Stirnfalte und reden den ganzen Abend kein Wort miteinander. Einen Gang nach dem anderen essen sie schweigend. Sie sehen weder in die gleiche Richtung, noch sehen sie sich an. Wie lange kennen sie sich schon? Sind sie verheiratet? Warum reden sie kein Wort miteinander?

Am Ende des Menüs hat der Mann auch sein Weinglas ausgetrunken. Die Frau hat noch einen letzten Schluck im Glas.

"Können wir dann gehen?", fragt der Mann.

"Nein", antwortet die Frau und hebt dabei ihr Weinglas an, um zu signalisieren, dass sie noch nicht fertig ist. Es ist das einzige Wort, das sie am ganzen Abend von sich gegeben hat.

#

"Ich war neulich in Hamburg in der Bar meines Hotels", erzählt einer der beiden Männer von Tisch 114 seinem Tischnachbarn, als der noch am Dessert-Wein schlürft. "Dort kam Udo Jürgens rein, als ich dort war."

"Was heißt neulich? Das kann ja nicht sein", erwidert der andere.

"Doch, ich schwöre es dir, er war's!"

"Aber der ist doch schon vor Jahren gestorben. Wann soll das denn genau gewesen sein?", bleibt der Tischnachbar hartnäckig.

"Ach, stimmt. Warte. Vielleicht habe ich gerade die Namen durcheinander gebracht? Vielleicht war es dann Jürgen Drews."

"Ist der denn aus Hamburg? Der ist doch eher auf Malle, oder nicht?"

Jetzt fängt der erste Mann wirklich an zu grübeln. Er reibt sich mit der Hand das Kinn.

"Hm, dann könnte es Udo Lindenberg gewesen sein. Der wohnt doch in Hamburg. Im Astor. Der wohnt da quasi als Stammgast."

"Und warum kommt er dann in die Bar aus-gerechnet deines Hotels? Außerdem trinkt der doch gar nicht mehr!"

"Ja, vielleicht genau deshalb! Überleg doch mal. Damit ihn in seinem Stammhotel niemand in der Bar sieht." Aber da glaubt der erste Mann selbst nicht mehr dran. "Auf jeden Fall war das ein bekannter Sänger", sagt er schließlich nur noch.

Bei den ganzen Udos und Jürgens kann man schon mal durcheinander kommen.

#

An Tisch 101 sitzt wirklich ein Prominenter, ein österreichischer Schauspieler. Er ist durch die Rolle des Antagonisten in einer Fernsehse-rie zu Berühmtheit gelangt. Er hatte einen intri-ganten Karrierepolitiker sehr glaubhaft verkör-pert. Hier im Hotel benimmt er sich freundlich und umgänglich. Er ist eben nicht identisch mit seiner damaligen Glanzrolle.

Nach einem langen Tag auf der Piste schmerzt ihm der Rücken. Harald schnappt diese Information im Smalltalk mit ihm auf. Die beiden Masseurinnen des Hauses sind zwar schon lange nach Hause gegangen, aber Harald hat die Mobilnummern der beiden. Er erreicht schließlich eine von ihnen tatsächlich und vermittelt dem Schauspieler eine Massage nach dem Menü. Am sehr späten Abend auf seinem Hotelzimmer. Der Schauspieler bedankt sich mit dem charmantesten Lächeln der österreichischen Schauspielkunst. Man glaubt ihm, dass er Harald wirklich dankbar ist und sich auch erschöpft und vollgegessen auf die Massage freut.

#

Der krasseste Altersunterschied besteht zwischen einem Mittsechziger und einer Frau in den Zwanzigern. Sie haben abseits der normalen Tische in einer Art Teesalon auf einem Canapé Platz genommen. Der ältere Mann erzählt mit eigentlich angenehmer und gleichmäßig ruhiger Stimme aus seinem Leben. Allerdings ohne Punkt und Komma. Die junge Frau kommt gar nicht zu Wort und vermittelt auch nicht den Eindruck, dass es ihr wichtig wäre, etwas inhaltlich zur Konversation beizutragen.

Er erzählt von seiner Promotion. Sie sagt: "Hm."

Er erzählt von seinem ersten wissenschaftlichen Buch als Herausgeber, sie sagt: "Hm, ja."

Er erzählt von seinen beiden gescheiterten Ehen, von seinen beiden Söhnen und seiner Stieftochter, sie sagt: "Hm, tja ..."

Was sind die beiden? Sicher kein Tinder-Date. Vater und die erwähnte Stieftochter? Nein, kann aus dem Kontext heraus nicht sein.

Chef und Arbeitskollegin? Wer weiß?

Professor und Doktorandin? Wozu im Ski-Gebiet?

Sugar-Daddy und Sugar-Girl? Ja. Das muss es sein. Das ist die Lösung des Rätsels, aber man weiß es natürlich nicht sicher.

Wenn es so ist, kann man die junge Frau für ihr Durchhaltevermögen durchaus bewundern. Sie muss viel Geld dafür bekommen.

#

Am nächsten Morgen sind Harald und die vierköpfige Familie von Tisch 111 noch sehr spät allein beim Frühstück. Viele Gäste vom Vorabend sind schon auf der Piste.

Das Suger-Girl mit ihrem Daddy, die russische Frau mit ihren Teenagern, die österreichische Unternehmerin, alle Udos und Jürgens, der Schauspieler, das schweigende Paar, die weinende Frau, arabisch gekleidete und am

Bauchnabel gepiercte Freundinnen, Domina-Kunden, Substantiv-Sucher, Teenager mit und ohne Kopfhörern, Eltern, Bälger, Skihasen und alle anderen schrägen, ganz normalen Leute.

Die Familie macht einen Pausentag und ist deshalb beim Frühstück später dran.

"Eingeschenkt, hon sie mir", sagt Harald im Gespräch mit ihnen.

Wollten nach dreißig Jahren im Hotel seinen Bereich anders organisieren. Da hat er gekündigt. Nach einem Jahr hat ihn der Chef wieder angerufen. Nichts lief glatt in dieser Saison ohne Harald. Im Restaurant und in der Küche herrschte das volle Chaos. Gäste waren unzufrieden. Es gab viele Beschwerden.

Man merkt nur, was Harald ausmacht, wenn er nicht da ist.

Er kam dann auch wieder. Hat seine Bedingungen gestellt. Wie er arbeiten will, seinen Bereich organisieren will. Ja, und mehr Gehalt gab's auch. Nein, zum Skifahren kommt er nicht mehr. Früher als junger Kerl ist er alle Pisten runtergeschossen.

Jetzt fängt die Saison Ende November an und dann geht es bis Mitte April ohne Pause durch. Im Sommer braucht er Ruhe. Er hat ein kleines Landhaus auf dem flachen Land. Nix großartig Schickes, und klein, aber Seins. Da in Österreich, wo es weder Berge noch Seen noch Touristen gibt. Da verbringt er ruhige Tage, am liebsten beim Holzhacken im Garten, bis die nächste Saison beginnt.

Das Gästezimmer

Ich habe Hoffnung auf fallende Immobilienpreise in der Stadt. Die Stadt hatte die Vorteile kurzer Wege, guter Restaurants und viel Kultur. Natürlich muss eine Landflucht einsetzten, ja ganz bestimmt sogar. Die Menschen werden zu tausenden auf das Land ziehen. Dann kommt meine Stunde und ich werde mir ein schönes Appartement leisten. Vier Zimmer sollen es mindestens sein. Ein schönes Wohnzimmer, ein Schlafzimmer, ein Arbeitszimmer und ein Gästezimmer. Ich habe gerne Gäste. Ich hoffe auf schöne Abende, an denen ich mit Gästen gemeinsam koche.

Du deckst für vier Personen

kein Lachen, kein Gespräch am Tisch

Dinner for one

Reparatur-Werkstatt

Die orthodoxe Kirche in dem kleinen Ort in Berg-Karabach wurde nach dem Krieg vor dreißig Jahren repariert. Als die Sowjetunion zerfallen war, fielen auch die Hemmungen. Schwelende Konflikte brachen sich Bahn. Heute suchen die Menschen wieder Schutz in dieser Kirche. Sicher sind sie dort nicht. Die Kampfhandlungen sind ganz nah. Eine Granate schlug schon knapp neben der Kirche ein.

Die Linse des Leuchtturms von Norderney ist zwei Meter fünfzig hoch. Sie musste nach dem Krieg von einem französischen Hersteller geliefert werden. Als Reparaturleistung. Sie ist heute noch funktionsfähig. Einhundertfünfzig Jahre nach dem Krieg von 1870.

Mein Vater ist neunzig Jahre alt. Als er mit noch nicht einmal fünfzehn Jahren aus dem Krieg in seine Heimatstadt zurückkam, war das Elternhaus nicht mehr zu reparieren. Mehrere Granaten hatten es in Schutt und Asche gelegt.

Ist die Welt eine Reparaturwerkstatt?

Unser Fremdenführer in Dubrovnik ist noch keine dreißig Jahre alt. Er spricht perfekt Deutsch.

"Wieso können Sie so gut Deutsch?", frage ich ihn.

"Das habe ich in Deutschland gelernt. Ich habe drei Jahre dort gelebt. Als Flüchtling, während des Kriegs."

Er meint natürlich den Jugoslawien-Krieg, dämmert es mir nach einer Weile. Auch Dubrovnik hat man von der See aus beschossen. Die Löcher in der historischen Stadtmauer wurden repariert.

Gedanklich stelle ich mir diesen jungen Mann neben meinem alten Herrn vor. Die beiden teilen Erfahrungen, die ich nicht habe.

Damit die Reparaturwerkstatt etwas zu tun hat, müssen Dinge kaputt gehen. Geplante Obsoleszenz der Welt.

Vermutlich wird auf Norderney neben dem Leuchtturm so bald keine Granate einschlagen. Hoffentlich.

Gott ist ein Koch im Sushi-Restaurant

Im Sushi-Restaurant,
die Geschichte ist bekannt,
dreht sich ein Band im Kreis,
der Koch werkelt mit Fleiß,
der alles frisch auftischt,
was man darauf vermisst.

Das Sushi-Band, es dreht sich weiter.
Die Menschheit bleibt dabei noch heiter.
In dessen Mitte seht ein Koch,
der denkt, welch Elend fehlt denn noch?

Ist Pandemie mal leer,
kommt noch ein Teller her.
Ein Krieg, der macht nicht satt,
findet bald wieder statt.

Zungen raus!

Wir strecken dem Leben die Zunge raus. Auf unsere Wunden kleben wir Pflaster. Unsere Narben sind längst verheilt.

Die nächste Party kommt bestimmt. Hier tanzt der Bär. Nein, einer tanzt, der andere spielt Schlagzeug. Wir tanzen, bis die Fetzen fliegen. Bis wir nur noch Haut und Knochen sind. Alles, was wir sind, scheint durch. Wir müssen nur unser Leben wirklich leben.

Ich muss unbedingt joggen gehen. Beim Lauf durch die Stadt hängt mir die Zunge halb heraus. Ich war schon mal besser in Form. Ich sehe dieses Graffiti voller Lebensfreude und Gegensätze. Das Laufen reinigt meine Gedanken. Die Bewegung und die frische Luft tun gut. Laufen ist mein Meditieren.

Frech strecken wir dem Leben die Zunge raus. Es kann uns mal. Wir lassen uns nicht unterkriegen.

Starke Frauen, freche Frauen. Wild funkelnde Augen.

Wir dreschen auf das Schlagzeug ein. Jemand spielt schief dazu Gitarre. Egal. Die Hitze im Club macht die Zunge trocken. Wer reicht uns etwas zu trinken?

Wir zeigen dem Leben die Krallen. Wir sind gut drauf.

Zungen kann man auf vielfältige Weise herausstrecken: durstig, erschöpft, konzentriert, trotzig, frech, sinnlich, zufrieden.

Ich zeige dir die ganze Palette dessen, was möglich ist.

Das Leben ist vielschichtig.

Der Traum beginnt dort, wo die Geschichte aufhört

Der Traum beginnt dort, wo die Geschichte aufhört. Aber die Geschichte hat leider noch nicht aufgehört.

Auf der Arbeit bin ich dominant. Das ist nicht identisch mit dem, was ich fühle.

Corona-Krisen-Call am Morgen. Verhaltensregeln an Mitarbeiter kommunizieren. Stark sein.

Kollegen anrufen, beruhigen. Individuell behandeln. Oder nur in Sicherheit wiegen? Ruhig und besonnen bleiben – sagt mein rationales Ich.

Ich bin nicht schlauer als die Ärzte. Ich mache nicht die Regeln, ich halte mich daran.

Mittags mit Kunden reden, welchen geht es schlecht? Welche Projekte werden gestoppt? Geschäft absichern.

Donnerstag Lenkungs-Meeting mit den Vorständen des ganz wichtigen Kunden. Freitags Town-Hall mit einhundertfünfzig Kollegen im leeren Büro. Im Video-Call.

In meinem Traum lasse ich das Meeting sausen. Die Geschichte ist noch gar nicht zu Ende, aber ich beginne schon zu träumen.

Und entdecke etwas Neues. Ich sehe es noch nicht, bin noch in der Zwischenwelt.

Aber ich rieche sie schon, die süßen Orangen.

Wanderungen

Raum und Zeit sind durcheinander. Wo bin ich? Wann war das? Oder wird das noch sein? Neue Wege tun sich auf. Hängebrücken an in den Himmel ragenden Stelen führen direkt in mein Kinderzimmer. Mein Bett von 1988 steht immer noch dort.

Mein Kinderzimmer war der Bolzplatz! Nach über dreißig Jahren habe ich ihn besucht, wie in Trance hat es mich dort hingezogen.

Immer noch dasselbe Matschloch im Torraum.

Ich wäre jetzt gerne der Eindringling, aber es verscheucht mich weder ein Fabelwesen, das aus dem Unterholz des Bachlaufs kommt, noch stehen Heiko, Frank oder Jochen auf dem Platz, um zu sagen: "Was machst *du* denn hier?"

Niemand dringt hier ein. Ich habe zu klein gedacht.

Dabei bin ich doch in diesen Raum gereist, habe die Hand auf den Erhabenen gelegt und mich hierher teleportieren lassen.

Und jetzt vibriert hier nichts, alles ist friedlich, keiner ist da. Wie schön, dass ich euch besuchen darf.

Navigationsgeräte

Ich fahre zu meinen Eltern in die Provinz. Gleiche Strecke, wie ich sie seit fünfundzwanzig Jahren fahre. Ohne eingeschaltetes Navigationsgerät fahre ich prompt an der Autobahn-Ausfahrt vorbei. Sechzehn Kilometer Umweg bis zur nächsten Ausfahrt. Selbst schuld. Warum habe ich mir eingebildet, ich finde den Weg, wenn ich mich doch überall durch das Leben navigieren lasse?

Oder habe ich verlernt, selbst zu navigieren?

Klare Ansagen kann ich doch. In der Familie und auch als Chef in der Firma.

Einen klaren Pfad bräuchte es jetzt noch. Wenn man sich auf gefährliches Terrain begibt, sollte man seinen Weg kennen. Wissen, wo die Gletscherspalten sind. Die Karte im Kopf ist besser als das Seil in der Hand, oder? Aber zusätzlich das Seil in der Hand schafft Vertrauen auf dem Gletscher. Alle ziehen am gleichen Seil.

In der Firma haben wir diese klare Ansage gemacht. Wir waren nicht auf dem Gletscher, sondern auf stürmischer See. "Mit allen Kollegen an Bord durch den Sturm segeln", haben wir als Devise ausgegeben. Auf rauer See ist die Luft nicht dünn. Trotzdem bekomme ich kaum welche. Der starke Wind macht das Atmen schwer. Alle Kollegen ziehen am gleichen Seil. Je nach Sturmlage müssen Segel gemeinsam eingeholt oder gehisst werden.

Ich bin kein Wissenschaftler. Manchmal verstehe die Ängste der Kollegen nicht. Ich ignoriere sie nicht, aber sage einfach manchmal nichts. Es ist nicht meine Aufgabe, zu urteilen. Sie vertrauen mir als Kapitän und Navigator. Die Ruhe interpretieren sie als Sicherheit. Gut so.

Überlebensstrategien

Alleine wandere ich auf Norderney. Der Wattwurm lebt in einem tunnelartigen U. Dort gräbt er sich zwanzig Zentimeter tief in den Schlamm des Wattemeers ein. Er schützt sich vor den Blicken seiner Fressfeinde. Ich schütze mich vor Angeboten.

Der Wurm saugt den Schlamm an und frisst ihn komplett. Ich nasche nur die Rosinen.

Der Wurm ernährt sich von kleinsten Organismen im Schlamm.

Die gewöhnliche Herzmuschel tut es ihm gleich. Sie versteckt sich nicht ganz so tief und lebt von Plankton. Auch sie filtert es aus dem Schlamm.

Der Brachvogel findet die Herzmuschel. Ich muss mich besser verstecken.

Der Löffler findet den Wattwurm. Wie tief muss ich denn hinein in den Untergrund?

Ich wandere durch die Dünen von Norderney. Man darf die Vögel nicht stören.

Die Dünen und Salzwiesen sind orange-gelb bis ocker. Der Himmel ist leuchtend blau. Die Wolken beeindrucken mich. Landschaft und

Himmel bilden einen farblichen Kontrast. Ich mache ein Foto und sende es per WhatsApp einem Freund.

"Wie ein Gemälde von van Gogh", antwortet er.

Ich sehe nochmal auf das Bild, das ich selbst aufgenommen habe, um das zu überprüfen. Er hat Recht!

Inzwischen regnet es mittelstark. Es stört mich nicht. Seehunde hatten sich gerade noch gesonnt. Jetzt trollen sie sich.

Die Kegelrobbe ist das größte Raubtier Deutschlands. Sie frisst jeden Tag zehn Kilo Fisch. Lachse, Dorsche, Heringe, Makrelen sind nicht vor ihr sicher.

Jeder Brachvogel verdoppelt vor dem Flug in die Brutstätten sein Gewicht. Er frisst dazu fünfzehntausend Herzmuscheln. Schafft er es nicht, sein Gewicht zu verdoppeln, tritt er die Reise nicht an. Er würde die Strapazen des Flugs nicht überstehen.

Ich darf die Vögel bei meiner Wanderung nicht stören. Sonst fressen sie nicht. Lautlos schleiche ich durch die Dünen, erreiche den Nordstrand.

Höre die Wellen.

Sehe ihre dreckig graubraune Gischt.

Höre und spüre den Wind.

Sehe das unbekannte Schiff weit draußen.

Male mir aus, wo es hinfährt und wer darauf ist.

Male mir meine Überlebensstrategie aus.

Ich drehe mich um einhundertachtzig Grad und sehe den rettenden Leuchtturm.

Mut

Ich bin gar nicht mutig. Ich bin feige! Ich kann es mir einfach nur nicht leisten, nicht mutig zu sein.

Ich bin feige, weil ich Angst davor habe, dass ich für immer vergehe. Ich hatte den Mut, Vater zu werden und lebe dadurch weiter.

Ich habe Angst davor, gesteuert zu werden. Ich steuere lieber selbst und bringe den Mut auf, ein Unternehmen zu gründen. Um einem Vorgesetzten zu trauen, bin ich zu feige.

Ich habe Angst davor, nicht frei zu sein. Ich bin zu feige, Einschränkungen der Freiheit zu akzeptieren.

Ich bin zu feige, um still zu bleiben. Ich habe den Mut, meine Meinung auch ungefragt zu äußern. Das ist nicht immer nützlich.

Ich habe Angst davor, nicht geliebt zu werden. Deshalb habe ich den Mut, mich gleich mehrmals zu verlieben. Um in nur einer Liebe zu bleiben, bin ich zu feige.

Ich habe Angst, mich nicht zu entwickeln. Ich liebe das Risiko und habe den Mut, neue, verrückte Ideen anzugehen. Für Stillstand bin ich zu feige.

Ich habe den Mut, in der Gegenwart zu leben. Für Aufarbeitungen der Vergangenheit bin ich zu feige.

Ja, ich habe den Mut, in der Gegenwart zu leben. Um an die Zukunft zu denken, bin ich zu feige.

"Do one thing every day that scares you", sagte Eleanor Roosevelt.

Ich versuche, jeden Tag eine Sache zu machen, die mir ein bisschen Angst macht. Nicht zu viel Angst, nur gerade so viel, dass ich ein wenig Mut zusammenklauben muss und ich ganz leicht die Nackenhaare spüre. Das hält mich frisch.

Virtuelle Penne Bombay

12:00 Uhr. Das Fusion Food Restaurant hat geschlossen. Mein Team trifft sich zur virtuellen Penne Bombay. Die Kollegen kochen jeder für sich ihr Lieblingsgericht aus dem Restaurant nach. Italienische Nudeln mit indischer Korma-Soße. Oder auch mal ein anderes Gericht. Wer will, schaltet sich dazu und isst in der Gruppe. Keiner wird gezwungen zu kommen.

Doch halt, der Tag beginnt um …

8:00 Uhr.

Disposition der Kollegen auf die Projekte. Fünf Teamleiter, der HR-Chef, drei Kollegen aus dem Vertrieb. Wer braucht welchen Kollegen? Hat jeder zu tun?

9:00 Uhr.

Drei Verkäufer besprechen die konkrete Projekt-Chance bei einem Bestandskunden.

10:00 Uhr.

Die Projektgruppe für die ISO-Zertifizierung trifft sich.

10:02 Uhr.

Ich bin noch im Meeting von 9:00 Uhr. Verabschiede mich dort. Ich habe minus zwei Minuten Zeit, um mich gedanklich auf das neue Thema einzustellen. Nicht schlecht, das letzte Mal waren es minus fünf. Ich entschuldige mich fürs Zuspätkommen.

10:20 Uhr.

Das Meeting läuft noch. Ein Kollege aus Köln pingt mich währenddessen per Video-Call an. Ich klicke ihn weg. Keine Zeit jetzt.

10:35 Uhr.

Das Meeting läuft immer noch. Auch eine Kollegin aus Darmstadt pingt mich per Video-Call an. Oh, das ist wichtig. Klicke sie trotzdem weg. Wäre unhöflich, das laufende Meeting zu verlassen. Ich sitze da wie auf heißen Kohlen.

10:53 Uhr.

Das Meeting ist ein paar Minuten früher zu Ende, als erwartet. Ich starte schnell den spontanen Rückruf-Video-Call nach Darmstadt. Meine Kollegin nimmt sofort an. Ich freue mich, sie unverhofft an diesem Tag zu sehen. Eigentlich war heute kein Meeting mit uns geplant. Wir haben sieben Minuten, um das Nötigste zu besprechen. Ich kann ihr weiterhelfen.

11:00 Uhr.

Ich weiß gar nicht, welches Meeting als Nächstes ansteht. Ich übergebe kurz von der Brücke aus die Kontrolle an Scotty im Maschinenraum. "Beamst du mich bitte in das nächste Meeting? Danke."

11:03 Uhr.

Ich warte seit drei Minuten im Meeting. Meine beiden Kollegen sind noch nicht da. Ich nutze die Zeit, um zur Kaffeemaschine rüberzugehen. Da schaltet sich Tom zu. Er war noch in einem virtuellen Vorstellungsgespräch. Die

Kandidatin macht online einen guten Eindruck. Tom will sie zum Zweitgespräch einladen.

Magnus hat das Meeting wieder vergessen. Seitdem wir die Serie auf seinen Wunsch hin auf 11:00 Uhr umgestellt haben, vergisst er den Termin manchmal. Der 8:30-Termin war ihm aber zu früh. Da macht er Sport. Tom erinnert ihn per Telefon. Ich sehe online Tom dabei zu, wie er mit Magnus telefoniert.

12:00 Uhr.

Penne Bombay. Ich gehe heute wieder nicht hin. Ich brauche fünf Minuten auf der Couch und zehn Minuten Spaziergang um den Block.

13:00 Uhr.

Kennenlernen eines Managers aus einem Unternehmer-Netzwerk. Man tauscht sich über die Energiewende, Corporate Social Responsiblity, digitale Bildung und Bienenstöcke in Städten aus. Das Kennenlernen war auch online nett. Man freut sich auf eine Gelegenheit, das Gespräch im echten Leben fortzuführen.

14:30 Uhr.

Partner-Meeting mit zweiundzwanzig Teilnehmern. Circa achtzehn lassen die Kamera aus. Die neue Firmenwagenrichtlinie wird erläutert. Wir wollen E-Mobilität fördern. Wie reicht man Stromrechnungen statt Benzinrechnungen ein, vor allem, wenn man zu Hause tankt? Jemand tippt laut auf seiner Tastatur herum und wird gebeten, sein Mikro auszuschalten. Multitasking. E-Mails müssen parallel beantwortet werden.

16:00 Uhr.

Vier Manager eines zehnmal so großen Unternehmens wollen meinen Gründerpartner und mich kennenlernen. Sie sind eher Ingenieure und suchen Kompetenzen im IT-Sektor. Wir machen zwei Stunden eine tolle Show. Man will groß mit uns partnern. Gelungenes Meeting.

18:02 Uhr.

Ein Päckchen liegt vor meiner Haustüre. Mein Freund Joe schickt mir drei Flaschen Wein und eine Flasche Domestos. Eine Karte liegt bei. Die Weinflaschen sind eine Einladung zur Online-Weinprobe am Samstag. Die Flasche Domestos soll ich vorher trinken, damit ich bis dahin kein Corona bekomme. Joe mag solche Witze und ich mag ihn auch deshalb.

20:00 Uhr.

Feierabendbier mit der Vertriebs- und Marketing-Truppe. Wir sind zu siebt. Fünf Frauen, zwei Männer. Jonathan trinkt Rum, er ist Kenner und Sammler. Sophia hat Weißwein, Ida ist leicht erkältet. Sie trinkt Tee. Ich trinke einen Roten.

Im Bücherregal hinter Stella – sie ist in München, ich in Strasbourg – sehe ich interessante Titel. Ich greife im Gedanken durch den Monitor und ziehe das Buch aus dem Regal. Plötzlich sitze ich bei Stella auf dem Canapé. Wir unterhalten uns über den Autor. Wir haben beide mehrere Titel von ihm gelesen, teilweise die gleichen, aber auch verschiedene, und wir tauschen uns aus.

Auf einmal sind auch Ida, Sophia, Frauke, Angelika und Jonathan da. Ida und Frauke haben die Party in die Küche verlagert. Da endet es ja bekanntlich immer.

Jonathan ist auf dem Balkon. Er zündet sich eine Zigarre an und spricht mit Sophia. Sophia raucht nicht, ist aber in das Gespräch vertieft. Sie hatten eine Langspielplatte aus Vinyl aus der Sammlung von Stella aus dem Regal gezogen und unterhalten sich über das Cover und über die alte Kraut-Rock-Band.

Die Online-Agenda ist durchbrochen – Grüppchen bilden sich – alle erzählen, lachen, trinken, prosten. Ich höre das Klirren von Gläsern.

Dieses Geräusch holt mich zurück. Wo kam das her? Alles nur Wunschvorstellung?

22:30 Uhr.

Ich sitze vorm Monitor und proste den Kollegen ein letztes Mal zu. Morgen ist ein neuer Online-Tag. Gute Nacht, Freunde.

Die Gesellschaft in und um den Teich

Eine sozialistische Wutrede

Hey du, Ente, aufwachen. Hier wird nicht gepennt. Wir müssen reden! Diskutieren. Streiten. Streit ist gut.

Seid ihr auch mal selbst aktiv, oder faulenzt ihr die ganze Zeit?

Ihr sitzt hier in eurem fetten Pool, habt ihn noch dekadent mit Rosen dekorieren lassen; und chillt, während wir Menschen unsere Stapel abarbeiten müssen.

Wo sind denn eigentlich die anderen Enten aus der Chefetage, hä? Sitzen wohl in ihrem

Homeoffice-Teich auf Mallorca und schlürfen Jack-Daniels-Cola, was?

Fliegen durch Europa, während ihr hier die Grenzen dicht macht. Habt ihr noch nichts von Enten-Hunde-Freundschaft gehört? Von Hunde-Asyl? Aber nein, Grenzen dicht. Eure Federn schimmern schon so weiß-blau. Ihr seid wohl bayerische Enten.

Und dann der Stress. Die Anflugzeit der Bienen habt ihr verkürzt, habe ich auf Twitter gelesen. Und die Libellen müssen Regentropfen für euch auffangen, damit ihr nicht nass werdet. Schämt euch, ihr Ausbeuter!

Sagt mal, hört ihr zu? Oder seid ihr emotional schon ausgestopft?

Atmet mal aus. Ausatmen ist gut. Dampf ablassen und so.

Was habt ihr eigentlich mit der Feldmaus gemacht, die hier kürzlich noch TAZ gelesen hat? Abgemurkst wie Rosa Luxemburg, oder ins Hundeland abgeschoben?

Und diese aufwändigen Lichteffekte. Wie das Wasser eures Pools Reflektionen auf die Blätter der Bäume wirft. Da habt ihr wohl keine Kosten gescheut?

Aber der Ameisenbau zehn Meter weiter ist klein und verkümmert. Alle darin sind so fleißig und keiner kümmert sich um ihre kommunale Wohnanlage.

Ich werde das alles den Köchen erzählen. Die Köche sind gefährlich für euch. Und wenn die erstmal Entenbraten aus euch gemacht haben, kann ein Essen auch eine Revolution sein.

Was sagt ihr dazu? Ach, sagt lieber nichts. Worte sind hier keine Antwort. Die Antwort muss gelebt werden.

Danke fürs Gespräch!

Revolution

Was habt ihr eigentlich mit der Feldmaus gemacht, die hier kürzlich noch TAZ gelesen hat?

Hatte sie sich mit der Regierung verkracht?

Und setzte sie sich so selber gar matt?

Verschwinden lassen habt ihr sie mit bedacht. Im Kühlschrank lag sie ne Weile ganz platt.

Sie hatte uns die Freiheit vermacht. Die Revolution findet auch ohne sie statt!

Es ist die Zeit

Es ist die Zeit der Virologen, sagt der Politiker,

Es ist die Zeit der Politiker, sagt der Wirtschaftsweise,

Es ist die Zeit der Wirtschaftsweisen, sagt der Unternehmer.

Es ist die Zeit der Intensiv-Mediziner, sagt der Bürgerrechtler,

Es ist die Zeit der Bürgerrechtler, sagt der Verschwörungs-Theoretiker,

Es ist die Zeit der Verschwörungs-Theoretiker, sagt der Philosoph.

Die Berkediebe weinen

In einer amerikanischen Serie stirbt ein schwarzer Jazzmusiker. Offensichtlich hat er nicht immer alles richtig gemacht im Leben, denn der Engel, der ihn abholt, erklärt ihm, dass er nicht in den Himmel, sondern in die Hölle muss.

Als er die Hölle betritt, wundert er sich nicht schlecht. Seine Hölle ist ein Western-Saloon, voll mit weißen Cowboys, die Tag ein, Tag aus Country-Musik hören. So hat jeder seine ganz private Hölle. Das Konzept gefällt mir.

Meine Frau kommt aus einer Faschingshochburg im Odenwald. Der Ort hat zweitausend Einwohner, der Faschingsverein zweitausend Mitglieder im Alter von einem Monat bis 97 Jahre. Von Weiberfasching bis Aschermittwoch sind gefühlt hunderttausende Menschen in den Straßen unterwegs.

Das war immer meine Hölle. Wenn ich mal sterbe und in die Hölle muss, muss ich mir einen nie endenden Faschingsumzug ansehen. Irgendwann stehen mir die Bonbons bis zum Hals. Komplett zugeworfen.

Das traditionelle Kostüm des Ortes ist der *Berkedieb*. Eine graue Hose mit grünem Hemd, rotem Halstuch, roter Mütze und roten Strümpfen. Angeblich haben die Ortsbewohner früher in den Wäldern der Nachbargemeinden Holz gestohlen. Sie haben ganze Birken geklaut. Weil sie sich dabei sehr geschickt angestellt haben, sind sie noch heute stolz darauf.

Im Nachbarort trägt man *Huddelbätz*. Das Kostüm besteht aus lauter bunten Filzstreifen und Schellen. Es gibt den Gänsemarsch, einen Fußgängerumzug, bei der die *Huddelbätze* hüpfen. Tausende von Schellen klingen in meinen Ohren.

Abends treffen wir Franky in einem Ort fünf Kilometer entfernt in einer Bar. "Du hast aber einen schönen *Huddelbätz* an", lobe ich ihn.

Franky verdreht die Augen. Bei ihm im Ort heißt das doch *Klohn*. Auf den zweiten Blick ist sein Klohn zwar genauso bunt wie der *Huddelbätz*, sieht aber wirklich ganz anders aus. Eher wie ein Harlekin. Ich habe mich endgültig als Faschingsmuffel geoutet.

Überall werden immer wieder die gleichen Reime gesungen. Stimmt einer an, singen alle automatisch mit.

"Hoorig, hoorig, hoorig is de Katz, unn wenn de Katz net hoorig is, dann is es och ka Katz ..."

Samstags ruht sich die Faschingsmeute beim Keipenkarneval aus. Es gibt keinen Umzug, keinen Ball, keine Büttenreden. Man zieht von Kneipe zu Kneipe. Darunter viele Krachkapellen. Das klingt nach Lärm, aber alle beherrschen ihre Instrumente. Eine dieser Kapellen reist jedes Jahr aus Eckernförde an. Die *Fischköppe* haben immer Gläser mit eingelegten Heringen dabei und verteilen diese kostenlos. Und Schnaps natürlich! Bier, Wein Schnaps ... man fängt schon am frühen Abend an zu trinken. Oder war es später Nachmittag? Gut, dass es Alkohol gibt, denke ich. Die Hölle wird so erträglich. Kann man sich die Hölle schön saufen?

Mein Schwager hat eine Autowerkstatt. In den Wochen vor dem Umzug wird darin geschraubt und gehämmert. Sie haben einmal einen alten Golf rot angestrichen, das Dach abgeflext, die Türen zugeschweißt und so wurde eine rote Ferrari-Imitation aus dem Wagen. Im Umzug haben sie dann die Szene nachgespielt, in der ein Ferrari-Mechaniker beim Boxen-Stopp den vierten Reifen gesucht hat. Wochenlange, hingebungsvolle Arbeit für diesen einen Witz! Sie mussten die die Szene hundertmal spielen. Die Besucher feuerten sie an, johlten, applaudierten und schrien: "Schumi, Schumi!"

Nachdem das Klopapier in diesem Jahr knapp geworden ist und man nicht zusammen feiern darf, erstellen die *Berkediebe* ein Video. Darin werden Klopapierrollen akrobatisch von *Berkedieb* zu *Berkedieb* weitergegeben. Sie jonglieren damit, tanzen wie die Funkenmariechen, jeder für sich zu Hause. Alle in ihren jeweiligen Kostümen. Die ganz Kleinen und die ganz Alten sind dabei. Die einzelnen Teile des Films werden zusammengeschnitten. Es wirkt so, als werfe immer einer die Klopapierrollen zum nächsten.

Fasching wird allerorten abgesagt. Die *Berkediebe* weinen. Und ich kann auch keine Schadenfreude empfinden, dass es meine Hölle nächstes Jahr nicht geben wird.

Fasching beginnt am 11. November. Ich war selten dabei. Maximal zwei bis drei Tage zwischen Weiberfasching und Aschermittwoch. Drei Tage im Jahr hält man seine Hölle aus. Besonders mit so netten Teufelchen um einen herum.

Welch Unbehagen!

Asyl ist toll. Eine gute Sache. Außerhalb meines Körpers und Geistes. In mir Asyl geben? Welch Unbehagen!

Was dringt da in mich ein? In meinen Körper, mein Gehirn, in meine Gedanken, in mein Herz?

Ich sehe eine quadratische Gebäudeanlage mit vier Wachtürmen. An jeder Ecke einer. Dazwischen hohe Mauern mit rund gedrehtem Stacheldraht darauf. In den Türmen sind Wachleute mit Maschinengewehren.

Hier kommt keiner rein! Kein Parasit, der mich auszehrt und krank macht. Kein Alien, das mich manipuliert. Nichts Fremdes. Ich habe alles Recht, mich zu schützen. Der Fremde bleibt draußen. Wenn er nicht reinkommt, muss ich auch nicht kämpfen. Der Fremde ist kein Feind. Er bleibt auf der anderen Seite der Mauer mit dem Stacheldraht.

Im Traum bin ich eine Antilope. In meinem Gehege ist es ruhig und sicher. Der Löwe ist nebenan. Manchmal kommt er an den Zaun zwi-

schen uns und schaut zu mir herüber. Ich schre-
cke nicht auf, schaue mit festem Blick zurück,
halte dem Blick stand.

Ich muss den Löwen nebenan akzeptieren.
Es gibt ihn ja. Ich muss ihn nicht tolerieren. Gibt
es zwischen Akzeptieren und Tolerieren eine
Abstufung? Ich muss akzeptieren, dass es ganz
andere Lebensanschauungen gibt als meine.
Tolerieren muss ich sie nicht. Durch den Zaun
sind die Löwen da draußen mir fast egal.

Krude Ansichten aus meinem Elternhaus?
Ein sehr alter Löwe.

Verschwörungstheoretiker? Ein zahnloser
Löwe.

Radikale jeder Couleur? Ein dummer Löwe.

Die meisten Löwen sind alt, schwach, zahn-
los. Die Mähne fällt ihnen schon aus. Die ganz
jungen Löwen tollen miteinander herum und
jagen nicht. Vor den starken Löwen im besten
Alter schützt mich der Zaun.

Biedermann will freundlich sein und holt
dem Brandstifter noch den Kandelaber. Man
muss in seinem eigenen Haus dem Brandstifter
nicht noch den Kandelaber holen, das ist klar.
Muss ich die Brandstifter dann überhaupt erst
reinlassen?

Ich kämpfe mit niemandem. Nicht im echten Leben und auch in mir nicht. Ich schütze mich. Vor Löwen, Parasiten, Aliens und Brandstiftern. Die Antilope liegt entspannt in der Prärie und atmet gleichmäßig.

Klarheit und Sinnhaftigkeit

„Alles, was dir klar und sinnhaft erscheint, kannst du zu Papier bringen", sagt Christof. Klar und sinnhaft erscheint mir nicht viel. Deswegen schreibe ich ja.

Ein buddhistischer Mönch sagte einmal: "Man wird geboren, ohne gefragt zu werden. Am Ende stirbt man, meistens unter Leiden oder Krankheit." Ja, die Wenigsten schlafen mit einem Lächeln auf den Lippen an Altersschwäche sterbend gemütlich ein. Ergibt das Sinn? Anfang und Ende wohl kaum. Was ist mit der Zeit dazwischen?

Einem depressiven Jogger geht es laut seiner Jogging-Partnerin besser. Er bringt sich überraschend um.

Ein Fußballtorhüter springt vor den Zug. Hunderte machen es ihm nach, Tausende trauern. War ihm das klar? Wohl kaum. Hätte das Wissen etwas an seinem Entschluss geändert? Wohl kaum.

Ein Mann tanzt den ganzen Abend mit seiner Frau. Als sie glücklich über den unverhofft schönen Abend zu Bett geht, geht er auf den

Dachboden und erhängt sich. Der schöne Tanz-
abend war seine Verabschiedung. Was hat die
beiden entfremdet? War seine Frau ihm fremd
oder er sich selbst? War diese Welt ihm fremd?

Der buddhistische Mönch sagt, er weiß
nicht, ob er Recht hat. Er beginnt deshalb jeden
Tag so, als ob es sein letzter wäre. Er steht früh
auf, macht sich einen Tee, trinkt ihn langsam
und bedächtig und geht danach in den Garten,
die Blumen gießen.

In meiner hektischen Welt ist das nicht die
klare und sinnhafte Konsequenz. Es kommt mir
fremd vor, und doch halte ich bei dem Gedanken inne.

Alle Menschen sind schon erleuchtet. Nur
ich nicht. Sagt Buddha. Niemand ist böse, gemein, fremd oder schlecht. Alles, was dich be-
fremdet, passiert nur, um dich zu prüfen. Auf
dass du erleuchtet wirst. Klar und sinnhaft.

Alles klar

Die jungen Löwen toben.
Es fliehn die Antilopen.
Die Richter tragen Roben.
Die Tat ist nicht zu loben.

Denn die Presse unkt
und der Matrose funkt,
dass die Gesellschaft brennt.
So Mancher hier schon rennt.

Wer schuld war ist egal.
Vorwürfe wärn fatal.
Ist dir denn alles klar?
Was ist am Ende wahr?

Weiß ich wer ich bin?
Was schafft am Ende Sinn?
Ich bau mir einen Zaun.
Dann werd ich erstmal schaun,

ob mir die Welt gefällt,

so wie sie sich gesellt.

talk less, smile more

Ich schaue eine fünfteilige Dokumentation über die USA auf ARTE. Noch währenddessen – ich bin gerade in der Mitte der dritten von fünf Folgen – gehe ich auf Twitter und beantworte die Tweets einer republikanischen Jugendorganisation absichtlich beleidigend. Ich bin auf die Reaktion gespannt. Ich sehe das als Experiment.

Ich sehe ein Video einer Räumungsaktion französischer Polizisten in Paris. Die Zielobjekte der Aktion sind weder Islamisten noch Gelbwesten noch aggressiv demonstrierende Landwirte. Es sind Besucher von Bars, die nach 21:00 Uhr ihr letztes Glas Bier noch leertrinken wollten. Das ist zurzeit verboten. Was man bei uns als Waffenstillstand falsch verstehen könnte – *couvre-feu* bedeutet "Abdecken des Feuers" – bedeutet Ausgangssperre. *Couvre-feu*, und mir kommt das Wort Waffenstillstand in den Sinn. Es brodelt längst. Sieht das keiner?

Ich höre mir die Geschichten eines sehr guten Freundes an. Er arbeitet seit 25 Jahren in einem Altenheim. Corona hat die soziale Teilhabe der alten Leute nicht besser gemacht. Aber sie werden gut bewacht. Ihre Gesundheit wird geschützt. Sie werden zwar nicht gefragt, ob sie das wollen, aber man schützt sie. Während der zwanzigminütigen Besuchszeit hinter Plexiglasscheiben ist die ganze Zeit eine Pflegekraft als Aufpasser dabei. Damit ja niemand berührt oder gar umarmt wird. Private Gespräche laufen super.

Ich stöbere in einem Buchantiquariat und höre dort eine Unterhaltung. Die Geschichte eines herzkranken, lokal bekannten Autors. Er ist im Sommer gestorben. Behandlungen wurden wegen Corona verschoben. Er hätte vielleicht noch zwei Jahre mehr gehabt.

Ich habe drei Wohnsitze. Je nachdem, wo ich gerade hin will und wo gerade Beherbergungsverbot vorherrscht und was gerade Risikogebiet ist, kann das praktisch sein, denke ich mir. *Böse, unsolidarisch, unverantwortlich …* höre ich im Geiste die Leute sagen und bekomme ein schlechtes Gewissen, ohne dass ich es je so praktiziert hätte. Ich verhalte mich rechtskonform. Muss wohl.

Ich interpretiere die Maskenpflicht in bayerischen Büros falsch. Entweder will ich es nicht einsehen oder nicht wahrhaben oder beides. Nachdem man mich belehrt, halte ich mich auch daran. Wie lange noch?

Ich poste und retweete einige kritische Auffassungen zur Corona-Politik, rede neben dem Gesundheitsschutz auch von Kollateralschäden, Schutz der Wirtschaft, Schutz der Freiheitsrechte. Einklang und Ausgleich aller zu verteidigenden Werte. Meine Bubble ist sehr brav. Kaum einer *liked*, kaum einer argumentiert dagegen. Keiner äußert öffentlich eine Meinung.

"Talk less, smile more, don't let them know what you're against and what you're for", sagt Aaron Burr in einer Textzeile zu Alexander Hamilton im bekannten Musical. Der Mann war ein erfahrener und erfolgreicher Politiker. Sein Rat geht mir immer öfter durch den Kopf.

Beginnen wieder Zeiten, in denen es besser ist, sich nicht öffentlich zu äußern?

Die Traumwohnung

Durch meinen Umzug Anfang des Sommers konnte ich den riesengroßen Balkon meiner schönen neuen Penthousewohnung im Inneren der Stadt noch prima nutzen. Von dort aus hatte man einen beeindruckenden Blick auf die Skyline. Die Wohnung war wunderschön geschnitten. Drei Zimmer: Wohn-, Schlaf- und Arbeitszimmer. Dazu Küche und Bad. Der Aufzug fuhr direkt in meine Penthousewohnung in den fünften Stock hinein. Nur ich konnte mit Hilfe eines Schlüssels dort hinfahren. Die Wohnung war ein Traum.

Es war nicht die Zeit großer Einweihungsfeiern. Die Infektionslage und die Hygieneregeln machten eine Feier unmöglich. Aber Franky, Ivy und Trevor kamen wenigstens auf ein Glas Prosecco vorbei. Oder auch zwei. Wir fläzten uns auf die Gartenmöbel und genossen die untergehende Abendsonne.

Tom rief mich an. Unser Personalchef erzählte mir freudestrahlend, dass wir einen weiteren Preis zur Mitarbeiterzufriedenheit gewonnen hatten. Unsere bereits exzellenten

Werte aus dem letzten Jahr hatten wir in diesem Jahr sogar noch einmal steigern können. In diesem Jahr könnte es zum Treppchen reichen.

Wir hatten einen Ort geschaffen, an dem Menschen gerne arbeiteten. Ich freute mich für Tom, für meine Kollegen und natürlich auch für mich. Die neue Wohnung, das gut laufende Unternehmen trotz Wirtschaftskrise. Es war wie ein schöner Sommertraum.

#

Die neue Wohnanlage war wirklich gut geworden. Sie lag in einem früheren Arbeiter- und Migrantenviertel meiner Großstadt. Die alten Gebäude waren von Grund auf saniert worden. Sie hatten früher weder Balkone noch einen Aufzug gehabt. Beides war einfach von außen angebaut worden. Die Balkone waren an bestehende Fenster angebaut worden, die bodentief verlängert worden waren. Sie wurden durch ein modern gestaltetes Metallgerüst getragen. Die Fenster waren ausgetauscht, die Fassaden neugestaltet und die Innenausstattung aufgewertet, Bäder und Bodenbeläge erneuert worden. Die Kosten für die Altmieter stiegen dadurch. In dem Gebäude meines Appartements war das alles gar nicht nötig gewesen, denn meine Wohnung lag in einem Neubau. Die Wohnungen hier waren noch teurer, aber ich konnte sie mir leisten.

Im Radio hörte ich einen Bericht eines Regionalsenders über die Gentrifizierung des Viertels. Bereits dreißig Prozent der alten Bewohner seien inzwischen weggezogen. Sie konnten sich die gestiegenen Mieten nicht mehr leisten. Als der Bericht genau von meiner Wohnanlage handelte, wurde ich hellhörig. Ein Sprecher einer Bürgerinitiative, die sich *Mietwahnsinn stoppen* nannte, erläuterte, dass das Gelände nachverdichtet worden war. Es waren drei komplett neue Gebäude auf dem Gelände entstanden, in denen von Anfang an nur reichere Mieter eingezogen waren. Der Nachverdichtung war auch der Kinderspielplatz der Wohnanlage zum Opfer gefallen.

Nachdenklich spazierte ich durch mein Viertel. Es war ein komisches und unangenehmes Gefühl, Nachrichten in meinem Lieblingssender zu hören, in denen man als zugezogener Reicher schlecht dargestellt wurde. Ich tat doch niemandem etwas.

Ich hatte schon einige Wirtschaftskrisen erlebt und als Software-Entwickler war ich von den meisten verschont oder nicht lange behelligt worden. Die letzte Wirtschaftskrise hatte allerdings einen langem Atem. Manche Branchen kamen gar nicht wieder auf die Beine. Restaurants und kleinere Läden in den Innenstädten gingen reihenweise in den Bankrott. Und wer dort seinen Job verloren hatte, konnte nicht mal Taxi fahren, weil niemand mehr reiste. Weder Touristen noch Geschäftsleute. Die Mietsteigerungen in den angestammten Vierteln, lange vor der Krise eingeleitet, verschärften die Situation für viele Bewohner noch.

Als ich in den Innenhof meiner Wohnanlage einbog, nahm ich die Spielgeräusche der Kinder und Jugendlichen kaum wahr. Eine Gruppe Teens spielte Fußball. Das hörte ich zwar, aber es drang nur gedämpft bis zu mir durch. Halb im Gedanken reagierte ich gar nicht, als mir ein stramm geschossener Lederball direkt ins Gesicht flog. Der Schreck und der Schmerz holten mich zurück ins Hier und Jetzt. *Hey, passt doch auf. Was soll das*, dachte ich mir. Ich schaute in die Gesichter der Teenager. Sie grinsten.

Ich war zu perplex, um irgendetwas zu sagen, und ging einfach weiter. Ich kam an meinem Parkplatz vorbei. Mein roter SUV parkte auf einem der breitesten Parkplätze der Anlage.

Ich hatte einen dieser Parkplätze zugewiesen bekommen, obwohl ich weder eine Behinderung noch danach gefragt hatte. Die Miete für den Platz war nicht mal höher. Von der rechten Seite kommend wunderte ich mich über einen nach vorne abgeknickten Außenspiegel auf der Beifahrerseite. Beim Schließen schwenkten die Spiegel eigentlich in die andere Richtung um, damit niemand daran entlang schrammte oder hängen blieb. Als ich auf die Fahrerseite des Wagens kam, sah ich, dass es kein Unfall war. Eher Vandalismus. Jemand hatte den Außenspiegel abgetreten. Er hing nur noch an einem Kabel an der Türe herunter und baumelte wie ein gehängter Pferdedieb in einem Italo-Western herum.

#

Chris rief mich an.

Chris und ich hatten vor vielen Jahren als Arbeitnehmer das gleiche Unternehmen verlassen, und genau wie ich hatte er sein eigenes Unternehmen aufgebaut. Den Preis für das beliebteste Unternehmen in Deutschland hatte er schon dreimal knapp verfehlt, aber nach so vielen zweiten Plätzen im letzten Jahr endlich die Goldmedaille geholt. Obwohl er als guter Software-Architekt rein gesellschaftliche Anlässe lieber mied, hatte er sich bei der Preisverleihung komplett in Schale geschmissen. Alle eingeladenen Unternehmer kamen in feinem Zwirn. Aber Chris kam als einer der wenigen sogar im Smoking. Noch niemals zuvor hatte ich ihn so gesehen, aber man musste neidlos eingestehen, dass ihm nicht nur das Outfit stand, sondern auch der Preis, vollkommen verdient an ihn ging. Der Wettkampf für das nächste Jahr war allerdings schon eröffnet. Chris rief mich entweder an, wenn er ein Projekt mit uns zusammen machen oder wenn er Fragen zur Unternehmensführung diskutieren wollte, auf die er noch keine eigenen Antworten hatte. Meist war Chris aber schon so gut in das jeweilige Thema eingearbeitet, dass man aus der Diskussion immer noch etwas für sich mitnehmen konnte. Es machte Spaß, mit Chris zu telefonieren, und so nahm ich den Anruf trotz Zeitdruck an.

Seine Nachricht, dass Val erschlagen worden war, traf mich hart und ohne Vorbereitung. Was? Val? Der Sohn unseres früheren Arbeitgebers? Ja, gestern Abend in der U-Bahn. Er war alleine in einem Wagon gewesen und eine Gruppe halbwüchsiger und angetrunkener Rowdies hatte ihn in die Mangel genommen.

Nach Zeugenaussagen war, was wie eine Mutprobe unter Jugendlichen begonnen hatte, in einen ganz normaler Raubüberfall übergegangen und ausgeartet, als Val erst diskutieren und dann flüchten wollte. Offensichtlich hatte er an die Vernunft der Jugendlichen appelliert, sie auf die Konsequenzen hingewiesen und zugesagt, keine Anzeige zu machen, wenn sie jetzt von ihm abließen. Genau damit hatte er erst den vollen Zorn der Gruppe auf sich gezogen.

Die Jungs wollten sein Geld, nicht die klugscheisserische Meinung eines gut gekleideten intellektuellen Unternehmersohns. Der erste Faustschlag traf ihn auf der Höhe des linken Ohrs. So heftig, dass das Trommelfell platzte und das Ohr blutete. An der nächsten Haltestelle konnte er noch aus der Bahn fliehen, wurde aber auf der Rolltreppe von der Gruppe eingeholt und zu Boden gerissen. Er knallte mit dem Kopf auf die Zähne einer Stufe der Rolltreppe, und sackte schließlich auf halber Strecke zusammen. Am Ende der Rolltreppe stand er nicht mehr auf. Er wurde von der Rolltreppe oben angespült, wie eine Wasserleiche am Meer.

#

In meiner Stadt hingen Fahndungsplakate aus. Eine Gruppe suchte per Öffentlichkeitsfahndung den *Minister für Krankheit und Raub*. Auf dem Bild war das Konterfei eines populären Ministers der aktuellen Regierungs-Koalition zu sehen. Man machte ihn für die vielen Arbeitslosen verantwortlich, die bis vor kurzem nur arbeitslos und inzwischen auch obdachlos geworden waren. Auf dem Plakat beschuldigte man ihn der Ausbeutung und Unterdrückung der Bevölkerung und beschimpfte ihn als Handlanger der Chemie- und Pharmaindustrie.

Auf der längeren Allee meines Viertels war in der Mitte ein Grünstreifen. Dort baute eine linke Organisation Fressbuden auf. Es gab regionales Flaschenbier, Grünkern-Küchlein und Salate, die in Pflanzkübeln im Viertel durch die Bewohner angebaut wurden. Es gab noch sympathische und solidarische Gruppen, dachte ich. Hier half man sich.

Eine Gruppe von circa vierzig Jugendlichen, viele mit weiten Stoffhosen, Flip-Flops und Rastalocken, saß etwas abseits im Schneidersitz auf dem Boden. Ein Wegbegleiter eines Wegbegleiters eines ehemaligen RAF-Terroristen wurde interviewt. Ich holte mir ein günstiges

Flaschenbier und setzte mich dazu. Etwas anders gekleidet und deutlich älter als die meisten hier, wurde ich bemerkt und beäugt, aber niemand sagte ein Wort.

Der inzwischen alte Mann warnte vor der aufgeladenen Stimmung im Land und davor, wie schnell soziale Ängste in Gewalt umschlagen könnten. Die Realitäten wären nur heute noch schlimmer, der Kapitalismus noch krasser. Presse, Politik und Wirtschaftsbosse wollten uns einreden, dass wir alle im gleichen Boot saßen. In Wirklichkeit säßen die Bonzen auf ihren Jachten und schlürften Champagner, während die arbeitende Bevölkerung längst im Meer trieb und sich verzweifelt an ein paar Holzplanken festhielt. Er könne den Hass verstehen.

"So schwer es fällt, wir müssen aber friedlich bleiben", beendete er seine spontane Ansprache.

"Damals habt ihr euch doch bewaffnet", rief einer aus der Zuschauermenge.

"Ja, damals. Da waren wir jung. Aber alle, die sich bis zur Gewaltanwendung radikalisiert haben, sind gestorben oder verfolgt worden und haben letztlich nichts erreicht. Ich rate euch nicht zu Gewalt. Auch wenn es manchmal schwerfällt, sich zu beherrschen."

"Trotzdem. Wo hattet ihr denn damals die Waffen her?", folgte ein weiterer Zwischenruf.

Ich beschloss zu gehen.

#

Zurück in der Wohnung schaute ich wie im Wahn alternative Berichte freier Journalisten. Ich zog mir ein Video nach dem anderen rein. Gemäßigte Berichte waren kaum darunter.

Ich sah Videos über Polizeigewalt in Frankreich, Gelbwesten mit blutverschmierten Gesichtern, die sich verwundete Augen zuhielten, aber auch einen schwarzen Block, der genau gegen diese zunehmende Polizeigewalt demonstrierte und nicht gegen die Misere. Eine Meta-Demonstration quasi.

In Italien öffneten Restaurants und kleine Geschäfte wieder. Die Ordnungskräfte konnten sich nicht durchsetzen und wurden von einem aufgebrachten Mob vertrieben. In einigen Städten nahmen die Polizisten die Helme ab und ließen sich dabei filmen, wie sie zu den Demonstranten überliefen.

In Holland schmissen Menschen Scheiben der verbliebenen Geschäfte der Innenstadt ein. Aber auch ein Impfzentrum wurde niedergebrannt und sogar ein Krankenhaus angegriffen.

Ein seriöser Journalist forderte auf dem Online-Portal einer bekannten Wochenzeitung, dass alle Erbschaften wie Lohn zu versteuern sein sollten und dass Reiche höhere Steuern und auch Vermögensabgaben zu leisten haben sollten. Es müsse Schluss damit sein, dass sich immer weniger Reiche auf die Kosten einer immer breiteren leidenden Gesellschaft gewissenlos bereicherten.

Ich fragte mich, wo die Arbeitsplätze herkommen sollten, wenn keiner mehr die Risiken eininge, Unternehmer zu werden. Wer produzierte noch Brötchen und Grünkern-Küchlein, wenn er als Ausbeuter galt und doch scheinbar auch von einem bedingungslosen Grundeinkommen leben konnte? Würde noch jemand etwas zu essen produzieren und käme ein Klempner, den Wasserbruch in der erschwinglichen Sozialwohnung zu reparieren? Ob das eine bessere und gerechtere Welt wäre? Das klang für mich mehr nach postapokalyptischer Welt. Eine Welt ohne Regeln, Hierarchien und Kasten wäre wünschenswert. Wenn es da nicht das Recht des Stärkeren gäbe und den Überlebenstrieb des Individuums.

Meine Gedanken drehten sich im Kreis, als ich die Stimmen hörte. Jemand hielt eine Rede. Andere applaudierten und johlten. Der Lärm kam aus dem Innenhof meiner Wohnanlage!

#

Ich ging auf den Balkon meiner Penthousewohnung und sah hinunter. Im Hof hatten sich circa einhundert Menschen versammelt. Sie demonstrierten direkt hier. Die Rädelsführer hatten Megafone in den Händen. Ich sah hinunter, sie sahen und zeigten herauf. Spontan musste ich den Kopf schütteln und ich zückte sogar mein Handy, um die Szene zu fotografieren. Ich war weit genug weg. Es war unmöglich, mich klar zu sehen oder zu erkennen, aber ich hatte das Gefühl, hundert erzürnte Menschen sahen mich an. Sie wussten nichts von mir, nicht, dass ich ein fairer Unternehmer war, nicht, dass sich meine Mitarbeiter wohlfühlten, nicht, dass ich wie sie siebzig Stunden in der Woche arbeitete, um mein Unternehmen zu retten, um die Arbeitsplätze meiner Mitarbeiter zu erhalten. Sie sahen in mir einen Unternehmer, einen Klassenfeind, einen Ausbeuter, jemanden, den man in die Schranken weisen oder besser ausrotten musste.

Als mehrere von ihnen gleichzeitig ein paar Fackeln anzündeten, wich ich erschrocken von der Brüstung des Balkons zurück. Die meinten es ernst!

#

Ich verzog mich zurück in die Wohnung und schloss die Balkontüre. So hörte ich nur noch gedämpft die plötzlich aufkommenden Jagdrufe der Meute. Ich hetzte zur Haustüre, ließ die Aufzugkabine links liegen. Schnell war ich im Treppenhaus. Im Erdgeschoss angekommen hörte ich die ersten Schläge gegen die Außentüre. Durch die Milchglasscheibe sah ich die Lichter der Fackeln und lange Eisen und Stangen. Im Vorbeirennen kamen sie mir wie Mistgabeln vor, die es in der Stadt aber eigentlich nicht gab. Ich schaffte es auf die Kellertreppe, bevor ich die erste Scheibe zerbersten hörte. Die schwere Kellertüre war zugefallen. Hastig zückte ich meinen Haustürschlüssel. Ich zwang mich zu mechanischer Ruhe und öffnete die Türe schließlich, um sie sogleich wieder hinter mir zuzuziehen. Meine Kellerbox war die letzte hinten rechts. Eine weitere Tür, nur ein Konstrukt aus Holzlatten, öffnete ich und verschloss sie wieder durch eine Spalte in den Querlatten. Den Schlüssel zog ich ab und verschanzte mich hinter meiner Camping-Ausrüstung in der letzten Ecke meines Kellers. Die lärmende Meute war inzwischen im Treppenhaus. Der Krach entfernte sich nach oben, in Richtung meiner Traumwohnung. Ich hörte Schreie der anderen reichen Mieter der weiteren Stockwerke. Der markerschütternde Schrei einer Frau verstummte abrupt. Ich meinte auch ihre Kinder kreischen und sogar weinen zu hören.

Dann war kurz Ruhe.

Ich verstecke mich unter einem Schlafsack und wagte es kaum, zu atmen. Ich hörte mein eigenes Herz schlagen und hatte Angst, das Geräusch könnte mich verraten. Dann hörte ich sie wieder auf der Treppe trampeln. Sie hörten sich an wie Milizen mit schweren Stiefeln. Sie kamen.

Shopping-Tour

In einer Hotellobby sehe ich ein Mädchen mit einer Louis-Vuitton-Handtasche. Keine junge Frau, wirklich ein Mädchen. Es ist etwa zwölf Jahre alt. Seine Mutter unterhält sich gerade mit einem Hotelpagen. Man kann sich früh an Luxus gewöhnen.

In der Maslowschen Bedürfnispyramide finde ich keine Handtaschen. Dort stehen Dinge wie Sicherheitsbedürfnisse und Selbstverwirklichung.

"Therapie ist oft rausgeschmissenes Geld für Luxusprobleme", sagt Till Lindemann.

Burnout, ein Luxusproblem.

Traumata des Erwachsenwerdens, ein Luxusproblem.

Erinnerung an Flucht und Vertreibung, ein Luxusproblem.

Eine Ehekrise, ein Luxusproblem.

Wenn das die Luxusprobleme sind, dann ist die Therapie der eigentliche Luxus, oder nicht?

Sieh her, ich kann mir Badeschlappen von Hermès leisten, einen Anzug von Canali, eine

Uhr von Maurice Lacroix, Schuhe von Heschung, das schnelle, große Auto aus Bayern, eine Reise nach Singapur in das Hotel mit dem Rooftop-Pool und eine Therapie!

In der Verhaltenstherapie fülle ich Karten aus. Ich schreibe darauf, wie ich mich verhalten möchte, wenn ich wütend werde. Wenn ich dann wütend werde, kann ich die Karten nehmen und das nachlesen. Das hilft mir, nicht wütend zu werden. Ich sehe mir die Karten nach der Therapiestunde noch einmal an und zerreiße sie.

In der Familientherapie hält das Psychologen-Doktoren-Paar einen Monolog. Oder ist das ein *Duolog*, wenn beide reden? Meine Frau und mein Sohn hören zu. Die beiden promovierten Psychologen sind sehr gebildet und reden gewandt. Es ist eine Freude ihnen zuzuhören. Sie erklären uns, dass wir mit uns selbst alles verhandeln müssen, weil wir nicht nur aus einem schlichten Ich bestehen. Beim Bäcker will das Es die süße Torte. Das Über-Ich ist für das gesunde Dinkel-Vollkorn-Brötchen und das Ich entscheidet sich schließlich für das Schwedenbrötchen. Das ist alles interessant zu hören und kostet 130€ die Stunde. Für meine nächste Brötchenkaufentscheidung habe ich mich wirklich luxuriös beraten lassen.

Ein Kollege ruft mich an. Er würde dieses Jahr als Weiterbildung gerne einen Kurs für die persönliche Resilienz belegen. Ich genehmige ihm das, ohne zu zögern.

Ich sehe zwei extravagant gekleidete Frauen vor meinem geistigen Auge. Beide tragen schöne verzierte Einkaufstaschen, wie nach einer Shopping-Tour.

"Na, was hast du Schönes gefunden?", fragt die eine beim Latte Macchiato.

"Ach, ich habe eine Paartherapie aus echtem Kaschmir und ein Resilienz-Training, besetzt mit Swarovski-Kristallen. Und du?"

"Oh, ich habe nur eine Familienaufstellung gefunden. Allerdings aus echtem Nappaleder."

Die Supermarkt-Kassiererin kann sich diesen Luxus nicht leisten. In der Maslowschen Pyramide hängt sie bei den Sicherheitsbedürfnissen fest. Das heißt nicht, dass sie die Luxusprobleme nicht hat. Sie kann sich bloß den Luxus nicht leisten.

Sind Therapien Luxus? Vielleicht manchmal. Vielleicht sind sie aber auch ein Privileg. Ist Luxus überflüssig? Sicher manchmal.

Aber es gibt nur Probleme, keine Luxusprobleme.

Schulfach Zuhören

Online treffe ich fünf Freunde in Zoom. Wir berichten uns, wie unsere Woche war. Außerdem haben wir das Diskussionsthema "Hoffnung entwickeln – Visionen teilen". Später wollen wir abwechselnd über Hoffnung und Visionen sprechen. Das Gespräch lässt mich mit einer Erkenntnis zurück. Aber dazu komme ich noch …

In Strasbourg gab es kürzlich ein Erdbeben der Stärke 3,5 auf der Richterskala. Umweltschützer vermuten seit langem die Ursache im Geothermie-Kraftwerk in unmittelbarer Nähe der Stadt. Es ist nicht das erste Erdbeben, das in dieser Region darauf zurückgeführt wird. Die Dementi folgten auf dem Fuß. Gegner und Befürworter der Geothermie schenkten sich in der

Diskussion nichts. Der Betrieb des Kraftwerks wurde dennoch erst einmal eingestellt.

Eine halbwegs prominente junge Frau äußert sich öffentlich auf Instagram und Twitter. Sie schreibt seit Monaten gegen die Corona-Maßnahmen an, trägt keine Maske und ist stolz darauf und äußert sich zustimmend zu Donald Trump.

Einmal hatte sie sogar einen Tweet von mir geteilt, in dem ich mich besorgt über das französische Sicherheitsgesetz geäußert hatte, und geschrieben: "Sogar die Deutschen sorgen sich um Frankreich." Leider hatte sie auch noch kommentiert, dass "Macron ein Stück Dreck" sei. Ich hatte ihr da schon geantwortet, dass man anderer Meinung sein kann, aber Menschen nicht als Dreck bezeichnet. Daraufhin nannte sie ihn "eine Ausgeburt der Hölle".

All das hatte ich ausgehalten, weil sie einfach großartige Bilder macht. Ich bin (immer noch) fasziniert von ihrer Arbeit als Fotografin. Sie macht wunderbare Aufnahmen, im wesentlichen Selbstportraits, oft nackt, in schwarz-weiß und teilweise an öffentlichen Plätzen mitten in der Stadt. Der Kontrast zwischen ihren harten Äußerungen in den sozialen Netzen und der Ästhetik ihrer Fotokunst fiel mir schon seit

Wochen auf. Auch deshalb, weil ihr Ton über die letzten Wochen immer krasser geworden war. Es klangen zuletzt Wut und Verzweiflung heraus.

Jemand mochte ihre Kommentare zur Corona-Politik der französischen Regierung nicht. Er sendete ihr eine Nachricht, in der er mitteilte, dass er vier Menschen kennt, die an Corona gestorben sind. Er hatte auch dazu geschrieben, wer das war: Die Großmutter einer Freundin, ein eigener Freund, die ehemalige Frau eines Nachbarn, der Vater einer Schülerin.

Jemand anderes aus ihrer Bubble kommentierte das mit: "Es liegt an Personen wie uns, dass der Hund der Tante des besten Freunds der Nichte unseres Schwiegervaters an Covid gestorben ist."

Die Fotografin stimmte zu und teilte diese Meinung. Sie meinte sogar, nicht der Hund, sondern ein Einhorn wäre gestorben. Andere Corona-Tote kenne sie nicht und deshalb würde es diese in ihrer Welt auch nicht geben. Corona-Tote kämen aus dem Reich der Legenden.

Wie ignorant kann man sein? Diese vier Menschen sind tot und die Leute machen sich

lustig? Mitgefühl? Fehlanzeige. Perspektiv-
wechsel? Was ist das?

Als ich sie daraufhin anschreibe, warum sie
sowas macht und kein Mitgefühl zeigt, reagiert
sie genervt. Nach meiner Bitte nach mehr Of-
fenheit und Diskussionskultur hat sie mich sofort geblockt. So läuft das heute. Ich hatte das
schon erwartet. Sie bleibt lieber in ihrer Bubble.

Zuhören? Auch Fehlanzeige. Diskutieren
nicht gewünscht.

Nach einem Monat Lockdown dürfen seit
dem 28. November, einem Samstag, die Laden-
geschäfte in Frankreich wieder öffnen. Ich
wohne in der Innenstadt und bin über die Ver-
stopfung der Straßen und von den Warte-
schlangen vor den Geschäften erstaunt. Die
Menschen strömen in die Stadt. Auch die Sonn-
tage vor Weihnachten sind nun alle verkaufsof-
fen und man hat sogar Verständnis dafür, dass
alle Ladeninhaber öffnen und versuchen, ent-
gangenen Umsatz so gut es geht wieder reinzu-
holen.

Auf Twitter kursiert ein Video der Schlange
vor dem Primark in Paris. Der Film zeigt nur
die Warteschlange vor dem Laden und geht
fast drei Minuten. Das ist bei normaler Gehge-
schwindigkeit des Kameramanns eine Schlage

der Länge von circa zweihundertfünfzig Metern. Nach vier Wochen der Entbehrungen ist in der Pandemie offensichtlich das Wichtigste, Jeans für siebzehn Euro und T-Shirts für sieben Euro zu kaufen. Oder darf es noch ein Kleid für vierzehn Euro sein?

Inzwischen führt das "globale Sicherheitsgesetz" zu Unruhen in ganz Frankreich. Mit diesem Gesetz hätten es künftig sogar Journalisten schwer, Polizeieinsätze zu filmen. Wegen bereits erlebter Polizeigewalt regt sich starker Widerstand. Tausende demonstrieren in den großen Städten. Unter den Demonstranten in Strasbourg fällt eine Gruppe *Schwarzer Block* auf. Sie versucht, die friedliche Demonstration aufzuheizen und provoziert Rangeleien mit der Polizei. Die Stimmung spannt sich zunehmend an. Es drohen gewalttätige Zusammenstöße. Dann wendet sich das Blatt und die Mehrzahl der friedlichen Demonstranten verjagt die Provokateure in den eigenen Reihen. Waren das wirklich Linke, wie immer? Nein, das waren Nazis, wird ebenso behauptet. Sogar die Theorie, dass es sich um in Zivil getarnte Polizisten handelte, die gezielt ein Einschreiten ihrer Kollegen provozieren wollten, kursiert. Nach dem

Motto: Seht her, die Demonstranten sind gewalttätig und die Polizeimaßnahmen sind gerechtfertigt.

Ein Freund schreibt mir eine Mail. Er ist Altenpfleger. Nachdem es Monate lang gut gegangen war, gibt es nun auch Corona-Fälle in seinem Altenheim. Getestet werden nur die "Insassen" (so werden die Alten dort mittlerweile genannt) mit Symptomen. Der hinzugezogene Arzt hat "keinen Auftrag, andere Personen zu testen". Nach acht Tagen Nachtschicht muss mein Freund in seiner freien Woche in Quarantäne.

Er soll sich zwei Tage vor Beginn seiner nächsten Schicht wieder testen lassen. Bei einem negativem Test kann rechtzeitig vor der nächsten Dienstwoche die Quarantäne aufgehoben werden. Arbeit – Quarantäne – Arbeit – Quarantäne ... welch schöner Rhythmus, und das bei üppiger Bezahlung. Ich sehe schon tausende junge Leute einen Pflegeberuf ergreifen.

Mein Freund, der Altenpfleger in Quarantäne, ist begeisterter Marathon-Läufer und joggt in seiner freien Woche jetzt nachts. Damit ihn niemand auf der Straße sieht. Ist Laufen während der Quarantäne ein Verbrechen?

"Es ist hier Tradition, dass die französische Regierung ihre Bürger wie Kinder behandelt. Selbstverantwortliches Handeln traut man den eigenen Bürgern nicht zu. Stattdessen gibt es Regeln und Sanktionen", erzählt mir jemand in Strasbourg. Ich erinnere mich, wie ich mit dem Fahrrad zu meiner drei Kilometer entfernt wohnenden Lebenspartnerin geradelt bin, als man sich nur einen Kilometer von der eigenen Wohnung entfernen durfte. Ich habe mich gefühlt wie ein Verbrecher. Woher kommt dieses Gefühl?

In der gleichen Woche fallen in Strasbourg dreimal Straßenbahnlinien aus. Jemand schießt mit einem Luftgewehr auf die Scheiben der fahrenden Trams im Berufsverkehr. Man vermutet Gegner der Maskenpflicht in Bussen und Bahnen dahinter. Ich bin selbst an diesen Tagen zweimal mit der Tram unterwegs. An den Haltestellen ist eingeblendet, welche Linie wegen "Unfällen" ausfällt. Ich lese immer erst hinterher, was es wirklich war. Unfall? Ich würde eher "Anschlag" sagen.

In Frankfurt wird am Tag des Erdbebens von Strasbourg eine Fliegerbombe aus dem zweiten Weltkrieg gefunden. Fahre ich nach Frankfurt zurück, muss ich dann in Quarantäne? In die

Wohnung darf ich aber auch nicht, weil mein Viertel evakuiert werden soll. Der Kampfmittelräumdienst rückt an. Bevor er tätig werden kann, müssen 13.000 Menschen ihre Wohnungen verlassen.

Ich kann mich jetzt entscheiden nach Frankfurt zu fahren, entweder die Evakuierung oder die Quarantäne zu missachten, oder in Strasbourg zu bleiben und weitere Erdbeben und Schüsse auf Tramlinien in Kauf zu nehmen. Gleichzeitig könnte ich zwar nicht Essen gehen – die Restaurants sind geschlossen – aber immerhin billige T-Shirts kaufen, wenn ich dafür stundenlang anstehe. Ich muss lachen. Langsam kann ich diesem Jahr sogar eine gewisse Komik abgewinnen.

Ich entscheide mich, nach Frankfurt zu fahren. Beim zweiten Blick liegt meine Wohnung fünfzig Meter außerhalb der Evakuierungszone. Ich habe einen negativen Corona-Test dabei, der weniger als 48 Stunden alt ist. Meine digitale Einreiseerklärung aus dem exotischen Hochrisikogebiet "französisches Festland" nach Deutschland habe ich ausgefüllt und abgeschickt. Zu diesem Zeitpunkt liegen die neuen Corona-Fälle in Strasbourg und Frankfurt ungefähr gleich auf bei einhundertneunzig

Neuinfektionen innerhalb der letzten sieben Tage auf 100.000 Einwohner. In Paris, wo der TGV gestartet ist, liegen sie deutlich niedriger bei circa einhundertzehn Fällen. Wo liegt nochmal dieses Hochrisikogebiet?

Außerdem habe ich ein Formular ausgefüllt, das besagt, dass meine Lebenspartnerin in Strasbourg lebende Französin ist. Wir haben das beide unterschrieben und uns gegenseitig bestätigt. Es gibt ein deutsch-französisches Formblatt dafür. Sie hat eine Zweitausfertigung davon – für alle Fälle. Das ist aber nur gültig, wenn man auch noch nachweisen kann, dass der ausländische Lebenspartner schon einmal einen Besuch in Deutschland gemacht hat. Zum Glück habe ich alle Urlaubsfotos in der Cloud. Ob die Polizei Bilder einer Französin auf dem Frankfurter Römer als Beweis akzeptiert, kann ich allerdings nicht sagen. Ich hoffe es, denn andere Beweise habe ich nicht. Im Schengen-Raum gab es weder Visa noch Stempel im Reisepass, noch besitze ich ein altes Flugticket ihrer letzten Einreise. Das letzte Mal sind wir einfach bei Kehl über die Brücke. Zu Fuß. Auf beiden Seiten des Rheins ist ein Park, der durch die Fußgängerbrücke zwischen beiden Ländern verbunden ist.

Sicherheitshalber habe ich mir auch noch ein Formular runtergeladen, das besagt, dass ich selbst auch eine Wohnung in Strasbourg habe, aber in Deutschland arbeite. Ich bin allerdings kein *frontalier*, also keiner dieser Pendler, die täglich die Grenze überschreiten und immer nur unter vierundzwanzig Stunden zur Arbeit in Deutschland sind. *Hm, auch schwer zu erklären*, denke ich mir.

Deshalb habe ich mich auch noch dazu entschieden, dass ich die "Muster-Verordnung zu Quarantänemaßnahmen für Ein- und Rückreisende zur Bekämpfung des Coronavirus" (ja, so heißt das) mit mir führe. Auch diesen Dreißigseiter habe ich in meiner Aktentasche dabei. Ich falle unter die Quarantäne-Ausnahme 2a, denn ich besuche Angehörige erster Linie in Deutschland, die nicht in meinem Haushalt leben. Die Ausnahme gilt aber nur, wenn ich weniger als zweiundsiebzig Stunden in Deutschland bleibe. Logisch. Für *frontaliers* sind vierundzwanzig Stunden in Ordnung, keine Stunde mehr. Für Familienbesuche sind zweiundsiebzig Stunden akzeptabel. Dann aber auf jeden Fall wieder ausreisen, bitte.

Im TGV nach Frankfurt befinden sich zwischen Strasbourg und Karlsruhe eine Polizistin und ein Polizist. In jedem Wagon sind maximal zwanzig Prozent der Plätze belegt.

"Wenn wir alle kontrollieren, kommen wir nie durch", höre ich die Frau in Uniform zu ihrem Kollegen sagen.

Ich habe einen komischen Verdacht: Ich bin weiß, Mann, fünfzig Jahre alt, habe einen Aktenkoffer dabei und einen geschäftlich wirkenden Mantel an. Im meinem Wagon wurden eine schwarze Frau und ein arabisch anmutender Mann kontrolliert. Stichproben halt, mehr ist zeitlich nicht drin. Wahrscheinlich kann ich mir die Einreiseerklärung das nächste Mal sparen.

Im Zug denke ich an unsere Diskussion am Nachmittag in Zoom. "Mehr Diskurs in der Gesellschaft", war eine der Visionen. Weniger festgefahrene Positionen, weniger schwarz und weiß.

"Es sollte ein Schulfach Zuhören geben", sagte Thomas.

Die Welt sei nicht digital, sondern im schlechtesten Falle grau, hoffentlich aber eher bunt. So wie die Meinungen und Ansichten und Prioritäten der Menschen da draußen: evakuiert wegen Bombenfund, sicher oder unter

Beschuss in der Tram, friedlich oder provozierend auf Demonstrationen, künstlerisch im Ausdruck oder krass im Ton in den sozialen Medien, noch im Bett, aber aufgeweckt durch den bebenden Boden, technik-bejahend oder technik-kritisch. In der Pflegedienstleitung eines Altenheims, jeden Tag Angst, dass jemand ausfällt. Kaputtgearbeitet in der Nachtschicht. Oder einfach in der Schlange vorm Primark.

Zu Weihnachten wünsche ich mir ein Einhorn. Ein lebendes, bitte.

Du lächelst, so sehe ich dich

Das Allerbeste an dir sind deine schelmischen Witze, die ganz subtil kommen. Manchmal weiß man gar nicht, dass du einen gerade veralberst und dass du gerade einen Witz machst. Man sieht es dann nur an deinem Grinsen, wenn man dir direkt ins Gesicht blickt. Und an deinen leuchtenden Augen natürlich. Du grinst dann wie ein kleiner Frechdachs. Selbst mit deinen neunzig Jahren hast du noch das Lausbubengrinsen eines neunjährigen Jungen. Du hast dir dein ganzes Leben lang deinen Humor erhalten. Das ist wunderschön.

Da kommt ein Schwank nach dem anderen. Von zugeschneiten Wegen aus deiner Zeit in Kanada, von Unternehmen in kleinen Dörfern, die zugleich der Metzger und der Bestattungsunternehmer im Ort sind, und deinen Zweifeln, bei diesem Metzger einzukaufen.

Ein subtiler Witz

du lächelst wie ein neunjähriger Junge

So sehe ich dich

Noch nicht mal fünfzehn Jahre alt, warst du noch im Krieg. Ich erinnere mich an die Geschichte deiner Panzerfaust. Du hattest dich für die kurze, leichtere Panzerfaust entschieden und erst später erfahren, dass man damit näher an die feindlichen Panzer heran muss. Deinen Irrtum findest du im Nachhinein lustig.

In der Farbsyntax deines Stammbaums sind die Toten grau.

"Die Grauen umzingeln mich."

Und dann hast du gelacht.

Du hast dem Tod ins Gesicht gelacht.

Weil er dir keine Angst gemacht hat.

Weil du einfach viel zu viel Humor hattest, um Angst vorm Tod zu haben.

(für Werner, 21.05.1930 - 19.12.2020)

Es gibt immer weniger Tote durch Flugzeugabstürze

Laut statistischem Bundesamt gibt es immer weniger Tote durch Flugzeugabstürze. Die Menschen stürzen trotzdem ab. Aber nur noch mental.

Ob 31. Dezember oder 01. Januar, was ändert sich denn wirklich?

Irgendeiner der ersten Tage im neuen Jahr. Auf Twitter ein Gewitter.

Du siehst ein Bild eines Mannes mit Waschbärenmütze und Hörnern. Er hat auf dem Herz einen Valknut tätowiert, auf Deutsch auch Wotansknoten genannt. Kennt dieser Amerikaner dessen historischen Gebrauch? Wäre er gar gerne ein "im Kampf erschlagener Krieger"?

Was macht der Mann im Capitol? Wo ist Gott eigentlich gerade?

Erschossen wurde nicht der Krieger, sondern eine Frau aus San Diego. Eigentlich wäre sie jetzt in Kalifornien auf ihrem Schießstand und würde dort ein bisschen sinnlos rumballern. Wie oft haben wir im letzten Jahr eigentlich "eigentlich" gesagt? Eigentlich wäre ich jetzt im Urlaub an der Atlantikküste, eigentlich hätten wir heute Sommerfest, eigentlich wären wir jetzt gemeinsam auf dem Workshop.

Die Frau von der Pazifikküste wäre eigentlich jetzt noch am Leben. Sie war für ihren Genickschuss über viertausend Kilometer weit extra angereist. Ihre letzte Reise quer durch die USA führte sie quasi in den Tod. Frohes neues Jahr.

Twitter am nächsten Tag. Die Sprecherin des Repräsentantenhauses der Vereinigten Staaten warnt davor, dass der scheidende Präsident in seinen letzten Amtstagen noch ein Land mit Atomwaffen bombardieren könnte. Warum und welches Land überhaupt?

Was sollen sich denn Polit-Thriller-Autoren eigentlich in diesem neuen Jahr noch einfallen lassen, wenn solche Nachrichten die Realität sind? Niemand hat so viel Phantasie, um die Realität noch zu toppen. Und wenn die Autoren nicht mehr von Büchern leben können, können sie ja zurzeit nicht einmal Taxifahrer werden.

Twitter am gleichen Tag. Tausende von Accounts werden gesperrt. Ich vermisse keinen davon, war ihnen nicht gefolgt. Aber alle diese Menschen hatten öffentlich ihre Emotionen riskiert. Wo finden wir sie wieder, wo organisieren sie sich neu? Die sozialen Netzwerke reagieren wie Katzen oder Kleinkinder, die sich die Augen zuhalten und glauben, dadurch auch für alle anderen unsichtbar zu werden. Nach dem Motto: "Ich definiere, wer nicht da ist."

Ich nehme mir vor, nichts zu kommentieren. Ich beobachte nur. 2021 werde ich Gesellschaftsbeobachter. Momentan erscheint die Welt allerdings wie ein Gemälde von Salvador Dalí. Sie zerfließt ein bisschen vor meinen Augen.

Mein neuer Beobachterstatus isoliert mich. Das ist aber positiv. Schaut her, ich stehe nur daneben. Ich gehöre gar nicht dazu, bin nicht Teil des Irrenhauses. Das sind die anderen. Ich mache mich ganz klein und verwandele mich in eine Ameise. Dazu rät ein persisches Sprichwort, das besagt, dann würden enge Wege wieder größer. Man muss nur aufpassen, nicht zertrampelt zu werden. Das hat das Sprichwort nicht verraten.

Ich habe große Erwartungen. Ich warte auf etwas, aber auf das neue Jahr habe ich nicht gewartet. Man kann den Kreis nicht verlassen. Der Wechsel der Jahreszahl ist keine Tür. Man kann nicht einfach aus dieser Welt austreten und in eine neue eintreten. Es ist, wie es ist.

Likörchen?

Eierlikör ist ein seltsames Gesöff. Es ist süß, bitzelt auf der Zunge, fast scharf, klebrig wie Kleister, so dass man kaum annehmen kann, es wäre irgendwie trink- oder gar genießbar. Aber das ist es. Man kann damit Punsch machen und wenn man es *pas du tout* trinken will, könnte man noch Aquarelle damit malen oder es zum Body-Painting verwenden. Es gibt mannigfaltige Verwendungszwecke für Eierlikör.

Die IHF – die Internationale Handballföderation – veröffentlicht gar keine Weltrangliste mehr. Sie wurde im Jahr 2019 abgeschafft, nachdem sie mehrere Jahre nicht mehr aktualisiert worden war. Das ist gut so, denn sonst würde man wahrscheinlich sehen, dass eine Handballweltmeisterschaft mit 32 Mannschaften keinen Sinn macht. Das Gefälle zwischen den Mannschaften ist viel zu groß. Was soll's, wir Deutschen freuen uns über einen 43:14 Sieg im Auftaktspiel gegen Uruguay. Im Kurzbericht in der Tagesschau wird der Torhüter Uruguays gelobt.

"Er machte das Spiel seines Lebens." Man sieht eine Szene, in der er einen scharf geworfenen Ball mit der Gelenkigkeit einer Gummipuppe noch entscheidend mit der Fußspitze ablenkt.

"Er hat einen noch höheren Sieg der Deutschen verhindert." Prima. Gut gemacht. Das sind die Spiele, die wir sehen wollen. Uruguay ist WM-Debütant und hat sich als Dritter der Süd- und Mittelamerika-Meisterschaft 2020 qualifiziert.

Entgegen ursprünglicher Pläne findet die WM ohne Zuschauer statt. Tschechien zog die Teilnahme wegen einer Flut von Corona-Fällen zurück. Aus gleichem Grund mussten die USA passen. Deutschland spielt Stand heute in der Vorrunde noch gegen die Kapverden. Trotz vier neuer Corona-Fälle kurz nach der Ankunft in Ägypten sind alle anderen Spieler am ersten Spieltag negativ getestet worden und sie dürfen ihr Spiel um 20:30 Uhr gehen Ungarn machen. Der ein oder andere Ungar wäre jetzt wohl lieber auf einer überfüllten *Váci utca* flanieren.

Zu große Teilnehmerfelder, nicht ganz zu leugnende Gesundheitsrisiken, keine Zuschauer. Das Fernsehen überträgt, the show must go on. Der 43:14 Auftaktsieg wird als überzeugende Leistung kommentiert. Sieben deutsche Stammspieler sind gar nicht mitgereist. Bei allem Surrealismus kann man sich für die unverhofften Neu-Nationalspieler-Nachrücker sogar ein bisschen freuen. Noch.

BioNTech/Pfizer meldet Lieferengpässe aufgrund von Umbauten in einem belgischen Werk. EU-Kommissionschefin Ursula von der Leyen ruft daraufhin umgehend den Firmenchef an. Sie verweist darauf, wie wichtig es sei, dass die zugesagten Dosen bis Ende März geliefert würden. Der Firmenchef versichert zugleich, dass alle garantierten Dosen im ersten Quartal auch geliefert würden. Er werde sich persönlich darum kümmern. Als der spanische König mit seiner Armada in einer totalen Flaute nicht vom Fleck kam, befahl er Wind. Er war immerhin der spanische König. Da konnte er auch Wind befehlen.

Mein Kumpel Trevor ist seit zwanzig Jahren Altenpfleger in Bayern. Er will sich nicht impfen lassen und ist derzeit auf Bayern-Kini Markus nicht gut zu sprechen. Die Lösung für diesen Konflikt kommt aus Burladingen. Der dortige Chef eines Pflegedienstes lobt eine Prämie aus. Wie im Altenheim meines bayerischen

Kumpels ist auch im baden-württembergischen Burladingen die Impfbereitschaft unter den Pflegekräften bei circa fünfzig Prozent. Doch jeder, der sich impfen lässt, bekommt vom Chef eine Flasche Eierlikör. Humor hat der Mann!

"Die Welt dreht doch vollkommen am Rad, oder?", kommentiert Trevor diese Nachricht.

Ich schwanke noch und gebe ihm am Ende Recht. Die Welt dreht vollkommen am Rad. Die Idee mit dem Eierlikör kommt mir surreal vor. Ist diese Prämie bisher das überzeugendste Argument, das ich gehört habe, um sich impfen zu lassen? Nicht falsch verstehen. Krankheiten mit Impfungen vermeiden zu können ist eine tolle Sache. Es mangelt aber anscheinend an überzeugendem Marketing dafür. Die Eierlikör-Prämie ist ein Gag, der wenigstens mit nonchalantem Witz daherkommt. Wie gesagt, vielseitig einsetzbar und das skurrilste Argument seit langem. Deshalb und wegen befohlenen Einhaltungen von Lieferverpflichtungen und wegen 43:14-Siegen während der Pandemie dreht die Welt am Rad. Habe ich schon über Typen mit Valknut-Tattoo und Fellmütze mit Hörnern geschrieben? Nein? Okay, zu spät.

Likörchen? Ich würde jetzt gerne einen Eierlikör trinken, habe aber keinen hier. Dann halt
ein *Eau de Vie – Poire Williams*. Immerhin ein
"Wasser des Lebens". Das kann man in der
Pandemie sicher gut gebrauchen.

Einzelgänger

Den weißen Hamster habe ich Rocky genannt, den braunen Apollo Creed. Sowie den Protagonisten und den Antagonisten im Kinofilm von 1976. Die beiden haben ständig gekämpft. Wie Boxen sah das freilich nicht aus. Eher wie Ringen. Ringen mit ganz fiesem Beißen. Sie haben sich nicht jeden Tag gebissen, aber oft. Futterneid halt. Ich habe erst später erfahren, dass Hamster eigentlich Einzelgänger sind, und einen zweiten Käfig gekauft. Wenn sie aufeinander losgegangen sind, habe ich sie auf zwei Käfige verteilt. Ansonsten sind sie manchmal auch zu zweit durch die Labyrinthe getollt, die ich ihnen mit Rohren gebaut hatte. Dann waren sie ganz friedlich, so wie später auch Apollo Creed und Rocky in den Fortsetzungsfilmen.

Eines Tages, die Überraschung. Im Käfig waren nicht zwei Hamster, sondern zwölf. Neben Rocky und Apollo – das Creed haben wir meistens weggelassen – noch zehn haarlose Hamsterbabys. Hatte die Verkäuferin im Tiergeschäft nicht gesagt, sie habe nur männliche Hamster?

Schon seltsam, denke ich, wie die beiden sich erst gegenseitig in die Waden beißen, dass sie markerschütternd schreien, und dann später zehn Kinder in die Welt setzen. Bei menschlichen Paaren ist das oft umgekehrt. Erst setzen sie Kinder in die Welt, und dann gehen sie aufeinander los.

Hamster werden nicht alt. Mit zwei Jahren sind sie Methusalems. Rocky ist nicht mal ein Jahr alt geworden. Ein dahinsiechender Hamster ist weder ein schöner Anblick noch ein angenehmer Geruch.

Apollo, oder besser gesagt Apollonia, ist etwas älter geworden. Ich hatte sie sogar in meiner Studentenwohnung dabei und sie dort manchmal in der ganzen Bude springen lassen. Seltsamerweise ist sie nie hinter irgendeinem Schrank oder unter dem Bett verschwunden. Man konnte sie immer wieder leicht einfangen und zurück in den Käfig setzen.

Hamster sind übrigens Nervensägen. Sie schlafen am Tag, so dass man nichts von ihnen hat, und knabbern in der Nacht am Draht des Käfigs. Mit entsprechender Lautstärke, so dass man partout kein Auge zubekommt, wenn man eine Einzimmerwohnung hat.

Während des Studiums hatten wir ein Ritual. Ab und zu hatten wir keine Lust auf die Vorlesung. Stattdessen haben wir drei Kästen

Bier besorgt, dreißig Brötchen und Käse. Das war nicht der Einkauf für eine größere Gruppe Studenten, sondern für meine beiden Kumpel Jan und Trevor und für mich. Drei Leute, dreißig Brötchen, drei Kästen Bier. Ein Semester hatte eine Dauer von zwölf Wochen. Zweimal im Semester musste das sein. Insbesondere im Sommer, wenn wir auf einer Wiese einer Waldlichtung feiern konnten. Selbst dort war Apollonia einmal dabei. Wir haben sie sogar in der Wiese laufen lassen und nicht verloren.

Einmal im Wintersemester waren wir in meiner Wohnung. Einer aus der Gruppe hatte die Idee, aus den leeren Bierflaschen ein Labyrinth mit drei Ausgängen zu bauen. Mit zwei Kästen Pils und einem Kasten Hefeweizen lässt sich schon ein ordentliches Labyrinth konstruieren. Apollonia haben wir in dessen Mitte gesetzt. Die Wette galt. Jedem von uns dreien gehörte einer der drei Ausgänge. Derjenige mit dem Ausgang, durch den Apollonia das Labyrinth verlassen würde, musste den nächsten Kasten Bier bezahlen. Apollonia schnüffelte ein wenig und lief bedächtig voran. Jans Ausgang ließ sie links liegen. Zielstrebig und zu meinem Erschrecken arbeitete sie sich in Richtung meines Ausgangs vor. Die Spannung stieg, als sie unmittelbar vor meinem Ausgang stand. Quasi vor der Ziellinie. Doch so, als hätte Rocky sie gebissen, machte sie plötzlich kehrt und rannte wie der Wirbelwind zu Trevors Ausgang hinaus.

Der sonst so tierliebe Trevor schrie: "Ich bring dich um, du Mistvieh!"

Jan und ich lachten und johlten vor Erleichterung. Zwanzig Mark für einen Kasten Bier war damals viel Geld für uns. Apollonia hat diesen Spaß überlebt. Trevor ist kein Unmensch. Aber Freunde sind die beiden bis zum Ableben von Apollonia auch nicht mehr geworden.

Menschen sind keine Einzelgänger. Es gibt in der deutschen Sprache kein Antonym zu Einzelgänger. Sucht man danach, findet man Adjektive wie "kooperativ" und "gesellig" oder Worte wie "Rudel" und "Herdentier". Kein Wort kann das Gegenteil von Einzelgänger auf den Menschen bezogen ausdrücken. Ich denke an unsere Gelage auf der Wiese und an die geschwänzten Vorlesungen zurück. Ich habe es schon immer gewusst. Ich bin ein Herdentier.

Schlussbemerkungen

Alle Geschichten entstammen der Phantasie des Autors oder sind Übertreibungen des tatsächlichen Geschehens und somit reine Fiktion. Jede Ähnlichkeit mit lebenden Personen ist rein zufällig.

Der Titel des Buches und das Titelbild sind inspiriert aus der Geschichte *Schubladen*. Mehrere Testleser hatten unabhängig voneinander den dort erstmals von mir verwendeten Begriff *Serpentinendenker* sehr gemocht.

Einige der Geschichten sind bereits auf meinem Blog *jartmann-pendelbewegungen.medium.com* erschienen. Ich freue mich dort über neue Leser.

Das in der Geschichte *Anti TikTok* erwähnte Wand-Graffiti war in Frankfurt in der Stiftstraße in der Nähe des Eschenheimer Turms zu sehen. Es stammte vom Künstlerduo *Herakut* aus Mannheim. Das Duo setzt sich zusammen aus Hera (Jasmin Siddiqui) und Akut (Falk Lehmann). Vor allem in Mannheim gibt es noch größere Kunstwerke der beiden. Leider ist die Wand und damit das Bild in Frankfurt dem Neubau des *Flare* zum Opfer gefallen, einer Mischung aus Wohnungen und zweier Hotels.

Dadurch ist das Bild komplett bedeckt und verschwunden. Zu den Künstlern siehe auch

1. Das Künstlerpaar: www.herakut.de
2. Das speziell angesprochene Bild: www.herakut.de/2014/03/20/there-is-something-better-than-perfection
3. Graffitis in Mannheim: www.stadt-wandkunst.de/herakut
4. Die Werke in Frankfurt: www.stadtkind-frankfurt.de/herakut-the-giant-storybook-project-in-frankfurt-am-main

Der Text *Zungen raus!* bezieht sich ebenfalls auf ein Graffiti. Es ist von der Künstlerin *Williann* und befindet sich in Strasbourg im Bahnhofsviertel in der 14 rue Déserte (williann.com/tongues-out).

Leider sind fast alle Geschichten in der Hochzeit der Pandemie entstanden. Man hört es natürlich heraus. Entschuldigung dafür.

Bildverzeichnis

1. Titelbild: Lizenzfrei erworben bei gettyimages, Bild Nr.: 521653277
2. Bild zur Geschichte *Jogging-Rundkurs*, aufgenommen am 21.10.20218 in Frankfurt am Main
3. Bild zur Geschichte *Halloween*, aufgenommen am 31.10.2016 in Bad Nauheim
4. Bild zur Geschichte *Drei Euro einundvierzig - Genuss auf ganzer Strecke*, aufgenommen am 23.09.2020 im ICE von Köln nach Frankfurt am Main
5. Bild des Graffities *Tongues out* der Künstlerin Williann zur Geschichte *Zungen raus!*, aufgenommen am 13.12.2020 in Strasbourg
6. Bild zur der Geschichte *Überlebensstrategien*. Aufgenommen von Jürgen Artmann am 07.10.2020 auf Norderney
7. Bild zur Geschiche *Vituelle Penne Bombay*, aufgenommen am 16.12.2020 in Strasbourg
8. Bild zur Geschichte *Die Gesellschaft in und um den Teich*, aufgenommen von Jürgen Artmann am 25.07.2020 in Bad Herrenalb
9. Bild von Huddelbetzen zur Geschichte *Die Berkediebe weinen*, aufgenommen am 22.02.2009 in Buchen (Odenwald)
10. Bild zur Geschichte *Schulfach Zuhören*, aufgenommen am 12.12.2020 in Strasbourg

Zeitfracht Medien GmbH
Ferdinand-Jühlke-Straße 7
99095 Erfurt, Deutschland
produktsicherheit@kolibri360.de